René Sommer

Das Sofa beim Waldstein

AF200716

Zuletzt erschienen (edition jeu-littéraire):

Das Popcorn und die Vögel. Kurzgeschichten. ISBN: 978-3-7448-6475-6

Woanderswoher. Roman. ISBN: 978-3-7460-8082-6

Das Mädchen mit rotem Hut. Kurzgeschichten. ISBN: 978-3-7528-1413-2

Play Huch. Gedichte. ISBN: 978-3-7528-2037-9

Das avocadogrüne Känguru. Kurzgeschichten. ISBN: 978-3-7481-3002-4

Alldadarin. Roman. ISBN: 978-3-7481-5764-9

Der Wal heißt Beethoven. Kurzgeschichten. ISBN: 978-3-7494-4962-0

Eine Frage der Libelle. Gedichte. ISBN: 978-3-7412-9958-2

Der schlafende Löwe. Kurzgeschichten. ISBN: 978-3-7504-0301-7

Trotzdas. Roman. ISBN: 978-3-7504-3790-6

René Sommer

Das Sofa beim Waldstein

Kurzgeschichten

Bibliografische Information der Deutschen Nationalbibliothek:
Die Deutsche Nationalbibliothek verzeichnet diese
Publikation in der Deutschen Nationalbibliografie;
detaillierte bibliografische Daten sind im Internet über
http://dnb.dnb.de abrufbar.

© 2020 René Sommer

Editor Factory: ib-lyric (edition jeu-littéraire 1/6)
Author Photo: Erika Koller
Cover Image: Itta Beaux

Herstellung und Verlag:
BoD – Books on Demand, Norderstedt

ISBN: 978-3-7519-0507-7

Inhalt

Das Strichmännchen am unteren Rand

Schotter, Steine und Felsen liegen rostrot und grau wie Asche.

Johann Sebastian Huch steht staunend am Berghang.

Eine Frau kommt ihm entgegen.

- Hallo, ich bin Elenora Ingendahl.

Sie trägt ein ärmelloses Kleid.

- Es gibt ein Schild.

Er sticht mit dem Finger in die Luft.

- Welches meinst du?

Elenora schlägt den Weg zum Gipfel ein.

- Ich zeige es dir.

Huch dreht die Arme einwärts.

- Auf dem Berg lese ich alle Schilder.

Mäßig steil, aber pausenlos steigt der Weg an.

Beim Schild hält Elenora inne, liest vor.

- Atme tief ein! Du betrittst einen unberührten Ort.

Er lehnt zurück.

- Manchmal denke ich, ein Schild sei nicht ernst zu nehmen. Aber es ist.

Sie schenkt ihm einen blitzenden Augenaufschlag.

- Wer liest, weckt die Wörter.

Huch deutet auf eine Plakatwand, die an einen Felsen geschraubt ist.

7

- Vielleicht verirren sich doch gelegentlich ein paar Menschen auf den Berg.

Auf dem Plakat steht.

- Ich nehme alle Aufgaben wahr.

Elenora macht eine Faust mit nach oben zeigendem Daumen.

- Das sollten wir ausprobieren.

Er lässt den Arm über die ausgestellte Hüfte fallen.

- Wen möchtest du fragen?

Ein Mann springt aus dem Plakat.

- Hallo, ich bin Salvatore Flupp.

Er trägt eine Operettenuniform.

- Ich möchte mit euch zusammen sein.

Elenora schaukelt die Hand.

- Du hältst Wort.

Flupp hebt leicht die Nase.

- Wieso? Was kann ich für euch tun?

Sie schließt halb die Augen.

- Vielleicht ist es deine Aufgabe, mit uns zusammen zu sein.

Er drückt Huch einen Prospekt in die Hand.

- Warum nicht? Ihr müsst es nur bestellen.

Huchs Blick wandert langsam suchend herum.

- Wer möchte den Prospekt anschauen?

Eine Frau läuft herbei.

- Hallo, ich bin Zoya Taki.

Sie trägt ein Glitzerkostüm.

- Ich würde gern einen Blick hineinwerfen.

Elenora öffnet die Lippen.

- Finde etwas!

Flupp steht breitbeinig da.

- Mein Prospekt wird dich überraschen.

Zoya tritt zu Huch.

- Darf ich ihn haben?

Er überreicht ihn.

- Gern! Er fühlt sich griffig an.

Elenora kräuselt die Oberlippe.

- Lässt er sich leicht aufklappen?

Flupp legt Daumen und überwölbte Finger an die Stirn.

- Ja sicher! Ohne das leiseste Rascheln.

Zoya blättert.

- Kannst du die wichtigsten Punkte erklären?

Er lehnt den linken Arm lässig an die Hüfte.

- Mit Vergnügen! Nehmen wir an, ihr malt ein Bild.

Elenora reckt den Kopf nach vorn.

- Ich hätte nie gedacht, dass wir das möchten.

Flupp verschränkt die Hände hinter dem Rücken.

- Seht ihr! Ich bringe euch voran.

Zoya reibt den Nacken am Haaransatz.

- Und wie! Wir bräuchten nur einen Karton.

Flupp schlägt sich mit der flachen Hand ins Gesicht.

- Du hast keinen.

Er klopft Huch auf die Schulter.

- Wie sieht das bei dir aus?

Ein Mann tigert mit federnden Schritten durch den Hang.

- Hallo, ich bin Umberto Noll.

Er trägt einen Waldarbeiterhelm und bringt einen Karton.
- Fehlt noch etwas?
Elenoras Augendeckel klappen zu.
- Das Papier.
Flupp fragt Huch.
- Hast du dabei?
Eine Frau schreitet durch die Felsen.

- Hallo, ich bin Bibiana Vallendar.

Sie trägt eine Lederjacke und bringt ein Blatt.
- Es könnte sein, dass es den Maßen entspricht.
Elenora schmiegt die Arme auf Bauchhöhe an den Leib.
- Es passt gewiss.
Flupp macht einen Luftsprung.
- Ich bin zuversichtlich.
Zoyas Stimme vibriert vor Erregung.
- Ohne Versuch geht nichts.
Noll bittet Bibiana.
- Lege das Blatt auf den Karton.
Sie hält es darauf.
- Rein optisch stimmt es einzigartig.
Elenoras Blick zielt direkt auf Huch.
- Hast du einen Pinsel?
Ein Mann schlenkert durch den Hang.

- Hallo, ich bin Abel Punt.

Er trägt eine Zipfelmütze und bringt einen Pinsel.
- Dient er?
Flupp streckt die Hände aus.
- Ja! Da sind wir uns einig.
Zoya jubelt lauthals.
- Ganz genau! Er lädt zum Malen ein.
Nolls Auge gleitet zu Huch.
- Wir warten auf Farben. Du auch?
Eine Frau umtänzelt die Felsen.

- Hallo, ich bin Ria Baki.

Sie trägt ein Matrosenkleid und bringt einen Topf mit ca-
priblauer Farbe.
Bibiana reißt die Arme hoch.
- Vielen Dank!
Punt gibt Huch den Pinsel.
- Jetzt stehen wir blendend da.
Ria befragt Huch mit den Augen.
- Weißt du schon, was du malst?
Er stützt das Kinn auf den Handrücken.
- Gefällt euch ein Strichmännchen?
Elenora strafft den Körper.
- Ja.
Flupp wirbt für eine andere Idee.
- Warum malst du nicht einfach eine Vase mit Blume?
Huch spreizt die Beine.
- Das wäre eine Schnittblume.
Zoya fährt sich mit der Hand über den Hals.
- Du meinst eine Blume, die von der Wurzel abgeschnitten

ist?

Er bestätigt.

- Ja, so eine Art Strichmännchen ohne Füße.

Noll zieht den Waldarbeiterhelm tief in die Stirn.

- Die Blume vermisst die Wurzel.

Bibiana stellt sich auf die Zehenspitzen.

- Sie fehlt.

Punt schüttelt fassungslos den Kopf.

- Die Vase bietet wohl kaum Ersatz.

Ria spannt das Becken.

- Wie soll sich die Blume ohne Wurzel entwickeln?

Elenora wiegt sich mit heftigen Bewegungen hin und her.

- Eine abgeschnittene Blume hinterlässt eine Lücke.

Flupp schließt die Augen.

- Daran habe ich nicht gedacht.

Zoya schwingt die Arme locker umher.

- Malen wir ein Strichmännchen!

Noll legt den Karton mit dem Blatt auf eine Felsplatte.

- Ich hätte gern ein Männchen, das tanzt.

Bibiana streckt die Fußspitzen vor.

- Woher kommt das überhaupt, dass man Strichmännchen zeichnet?

Punt hebt die Schulter.

- Es entsteht, wenn sich Menschen beim Menschsein betrachten.

Ria hält Huch den Topf hin.

- Fang an!

Er taucht den Pinsel in die Farbe.

- Ich male es an den unteren Rand. Dann habt ihr Platz für eure Männchen.

Elenora schaut ihm über die Schulter.

- Das Blatt gehört dir.

Flupp verfolgt die Striche mit glühenden Blicken.

- Dein Männchen ist eigenartig.

Zoya sieht der Farbe beim Trocknen zu.

- Der Raum darum herum bleibt frei.

Noll lächelt unter seinem Waldarbeiterhelm hervor.

- Stell dir die Leute vor, die es sehen!

Bibiana kauert wie eine sprungbereite Raubkatze.

- Wir bringen das Blatt in eine Galerie.

Punt hebt den Blick.

- Dort wird es ausgestellt.

Ria streicht Huch über die Schulter und das Haar.

- Kennst du eine Galerie?

Ein Mann stapft durch den Hang.

- Hallo, ich bin Darius Uhl.

Er trägt einen dunklen Anzug.

- Kommt mit! Ich zeige sie euch.

Das Plakat kann warten

Auf den flach geneigten Dächern wuchern üppige Pflanzen, hängen tief herab.
Huch fragt sich.
- Wo sind die Menschen?
Eine Frau spaziert ins Dorf hinein.

- Hallo, ich bin Nova Limbach.

Sie trägt ein Minikleid.
- Hast du eine Plakatwand gesehen?
Ein Mann trifft sie auf der Straße.

- Hallo, ich bin Timmy Dell.

Er trägt einen Cowboyhut.
- Eine Kopfdrehung genügt. Die Plakatwand ist nebenan.
An einem mit Brettern vernagelten Hausgerippe hängt eine leere.
Nova atmet flach.
- Bis da wieder etwas hängt, vergeht reichlich Zeit.
Dell schaut Huch in die Augen.
- Hast du ein Plakat?
Eine Frau kommt mit riesigen Schritten.

- Hallo, ich bin Alice Roque.

15

Sie trägt ein Paillettenkleid und bringt ein gerolltes.

- Für euch!

Nova spricht mit ausladenden Gesten.

- Nun heißt es kleben.

Dell klopft Huch auf die Schulter.

- Bestimmt weißt du, wie sich Kleister gewinnen lässt.

Ein Mann hüpft die Straße hinunter.

- Hallo, ich bin Casper Volz.

Er trägt eine Fliege, bringt Eimer und Pinsel.

- Seht her!

Alice blickt ihn mit leicht gesenktem Kopf an.

- Ist das Kleister?

Volz hebt den Deckel vom Eimer.

- Vom besten!

Novas Füße wippen.

- Den suchten wir.

Dell hebt das Kinn.

- Jetzt kommt ihr weiter.

Alice sagt mit drolligem Augenklimpern.

- Umso größer der Spaß!

Volz streicht ihn auf die leere Wand.

- Ehe der Kleister trocknet, legt ihr das Plakat auf.

Nova hilft Alice beim Ausrollen.

- Oft denkt man, Hängen ist leicht.

Dell drückt das Plakat an.

- Das wird unterschätzt.

Alice plättet es mit den Händen.

- Wofür werben wir?

Volz schaut belustigt auf Huch.
- Mach einen Vorschlag!
Eine Frau läuft daher.

                    - Hallo, ich bin Emily Quednau.

Sie trägt einen Reifrock.
- Ich habe eine Idee. Werbt für ein Mitglied eures Teams!
Nova hält die Luft an.
- Wir sind mehrere Mitglieder.
Dell stützt das Gesicht in die Hand.
- Wie treffen wir die Auswahl?
Alice hat in den Augen ein blitzendes Lachen.
- Wir ziehen Lose.
Volz wiegt den Kopf.
- Ich würde am liebsten gleich anfangen.
Emily wendet sich an Huch.
- Sicher kannst du problemlos Lose bestellen.
Ein Mann hastet durch die Straße.

                    - Hallo, ich bin Yannick Genz.

Er trägt einen Gehrock und bringt eine Lostrommel.
- Wer möchte zuerst zugreifen?
Nova langt hinein.
- Heute ist unser Glückstag.
Sie zieht ein Los, entrollt das Papier.
- Da steht: Versuche es ein andermal.
Dell streckt seine Hand in die Trommel.
- Das ist der Moment, den ich mir nicht entgehen lasse.

Sein Los jedoch enthält die Sätze:

- Du hast es gewagt. Es sollte nicht sein.

Alice klaubt ein Los heraus.

- Möglicherweise habe ich den Treffer.

Sie findet folgenden Text.

- Bleibe daran! Gib nie auf!

Volz schnappt sich das nächste Los.

- Ich glaube fast, das Glück winkt mir.

Er liest von seinem Zettel.

- Mach dir keine Sorgen. Das Leben hält viele Chancen bereit.

Emily tritt vor.

- Ich habe lange gewartet.

Ihr Los gibt den Bescheid.

- Die Zukunft ist offen.

Genz bietet Huch die Trommel an.

- Du hast noch kein Los gezogen.

Huch stopft die Hände in die Hosentaschen.

- Vielleicht gehen wir zuerst in die zweite Runde.

Genz schüttelt die Trommel.

- Entschuldige bitte, die erste ist ohne dich nicht abgeschlossen.

Huch greift hinein.

- Lose wirken von außen unscheinbar.

Er nimmt eines.

- Dieses Papier ist umweltfreundlich hergestellt.

Nova spricht auffallend schnell.

- Mach es auf!

Huch öffnet das Los.

- Die Anzeichen verdichten sich, dass ich einen Rat bekomme.

Dells Augen sind in unruhiger Bewegung.

- Was steht drin?

Huch liest den Satz vor.

- Du gewinnst.

Alice streicht sich über das Kinn.

- Wir fühlen uns beflügelt.

Volz beugt sich über das Los.

- Wir haben gehofft, dass einer von uns den Treffer landet.

Ein Ruck geht durch Emilys Finger.

- Wir werben mit deinem Gesicht.

Genz zieht den Kopf zwischen die Schultern.

- Viele haben den Wunsch, aus dem Alltag auszubrechen.

Nova neigt den Oberkörper zu Huch.

- Das verbinden wir mit deinem Namen.

Dell tippt ihn an.

- Wie heißt du eigentlich?

Huch schiebt den Hut in den Nacken.

- Johann Sebastian Huch.

Alices Augen leuchten auf.

- Huch? Wirklich? So müsste mein Traummann heißen.

Volz wackelt mit dem Kopf.

- Ich bin von diesem Namen auch angetan.

Emily hebt die Hüfte an.

- Huch sagen, Huch rufen, das ist ein Erlebnis!

Genz zieht die Augenbrauen hoch.

- Wir zerspringen vor Glück.

Nova strafft den Rücken.

- Wir haben nur ein Plakat und jeden Grund, sparsam mit der Fläche umzugehen.

Dell richtet sich auf.

- Deshalb denke ich, 4 Buchstaben genügen.

Alice winkelt das Bein beim Knie ab.

- 4 behält man im Überblick.

Volz streicht sich die Haare aus der Stirn.

- Mit mehr wäre Huch nicht Huch.

Emily jauchzt vor Freude.

- Ich bin verliebt!

Eine Frau tritt leise auf.

- Hallo, ich bin Madeleine Karakas.

Sie trägt ein Rüschenkleid.

- Ich helfe dir herauszufinden, in wen du verliebt bist.

Genz weist auf seine Trommel.

- Ein einfaches Mittel ist das Los.

Ein Mann hoppelt über die Straße.

- Hallo, ich bin Zach Hepp.

Er trägt eine Hasenohrenmütze und ruft Emily zu.

- Ich bin so froh wie noch nie.

Nova legt den Finger an den Mund.

- Seid alle kurz still, damit Zachs Worte Nachhall bekommen.

Dell reibt sich verwundert die Augen.

- Er gibt sich leidenschaftlich hinein.

Alice wackelt mit den Hüften.

- Sein Gefühl hört nie auf, großartig zu sein.

Volz geht etwas in die Hocke.

- Ich wünsche, dass dieser Moment nie verstreicht.

Emily legt ihre Hand auf Hepps Schulter.

- Du hast ein goldenes Herz.

Er beugt leicht die Knie.

- Kaum jemand hat das so schnell gemerkt wie du.

Genz streckt seinen Arm aus.

- Das Plakat kann warten.

Madeleine runzelt die Augenbrauen.

- Wir brauchen erst einmal eine Pause.

Hepps Finger nesteln an den Hasenohren.

- Wie lange dauert sie?

Das Sofa beim Waldstein

Ein Felskopf ragt aus den smaragdgrünen Falten des Waldhangs.
Huch riecht Moos und Harz.
Eine Frau rennt im Zickzack.

- Hallo, ich bin Belinda Fischborn.

Sie trägt ein Schleifenkleid.
- Ich würde gern eine Postkarte senden.
Ein Mann spaziert federleicht.

- Hallo, ich bin Wim Utz.

Er trägt ein Hemd und bringt eine Karte.
- Ich gebe dir eine.
Belinda zeigt darauf.
- Sie ist leer!
Utz rückt die Manschettenknöpfe zurecht.
- Wir können die Leere auf verschiedene Weise anblicken.
Sie nimmt die Karte.
- Das stimmt. Unter Umständen landet sie ganz oben auf der Beliebtheitsskala.
Er pflückt einen unsichtbaren Apfel aus der Luft.
- Weil sie für sich spricht.
Belinda neigt den Kopf.

- Wer?

Utz bewegt sich tänzerisch um sie herum.

- Die Leere.

Ihre Zehenspitzen zeigen leicht nach innen.

- Viele nutzen die Karte, um etwas darauf zu schreiben.

Er blickt zu Huch.

- Hast du einen Stift?

Eine Frau läuft barfuß übers Moos.

- Hallo, ich bin Silke Jablonski.

Sie trägt ein aufwendig gerüschtes Seidenkleid und bringt einen Bleistift.

- Ich wäre gern eure Freundin.

Belinda hebt freundlich die Hand und winkt.

- Komm in unser Team!

Utz lässt den Blick über die Baumkronen schweifen.

- Hier kannst du dich frei entfalten.

Silke hakt sich mit dem Arm bei Huch ein.

- Was macht ihr so?

Ein Lächeln erhellt sein Gesicht.

- Wir schreiben eine Karte.

Sie streckt und dehnt sich.

- Wem?

Belinda zeichnet mit der Hand einen Kreis in die Luft.

- Du bist die Erste, die danach fragt.

Utz wölbt die Lippen nach vorn.

- Hättest du gern Post?

Silke spreizt das Bein tänzerisch ab.

- Nein! Lieber hätte ich eine Pause.

24

Sie dreht den Kopf zu Huch.

- Hast du ein Sofa?

Ein Mann trippelt auf den Fußspitzen.

- Hallo, ich bin Piquillo Ost.

Er trägt eine ausgebleichte Hose.

- Meine einzige Sorge ist, dass mein Sofa unbenutzt bleibt.

Belinda setzt den Fuß auf einen Stein.

- Warum denn?

Ost richtet den Blick gegen den Himmel.

- Es ist sicher verpackt. Niemand getraut sich, die Decke anzufassen.

Utz hebt den Daumen nach oben.

- Wir schon!

Silke zupft das Kleid zurecht.

- Wir bringen den Mut auf.

Ost dreht und krümmt den Oberkörper.

- Scheut ihr einen kurzen Weg?

Belinda schnellt aus dem Schatten ans Licht.

- Nein!

Er schlendert den Fels entlang.

- Es sind nur wenige Schritte.

Utz macht eine Aufwärmübung.

- Ich finde es spannend, auf einem Wildpfad zu gehen.

Schlingpflanzen verwuchern den nadelöhrengen Weg.

Silke atmet den Duft der Föhren ein.

- Ich freue mich aufs Sofa.

Ost dreht sich in selbstvergessenem Tanz.

- Der Fels ist fürs Relaxen die perfekte Kulisse.

Das Sofa steht auf einem Vorsprung und ist in eine Wolldecke gepackt.

Belinda legt die Hand kurz auf Huchs Schulter.

- Welche Gefühle hast du, wenn du es siehst?

Ein Lächeln huscht über sein Gesicht.

- So richtig sehen kann ich es im Moment noch nicht.

Sie gibt ihm die Karte.

- Ja! Die Wolldecke verstellt die Sicht.

Silke reicht ihm den Bleistift.

- Wir enthüllen es.

Belinda knickt den Oberkörper leicht ein.

- Wie verfahren wir?

Utz zieht an der Wolldecke.

- Ich nehme sie weg.

Silke erwischt ein Ende.

- Ich helfe dir beim Zusammenlegen.

Ost verdeutlicht mit einer Handbewegung.

- Um sich zu entspannen, reicht es, das Sofa freizulegen.

Belinda dreht sich Huch zu.

- Teilst du diese Ansicht?

Huch reckt den Kopf.

- Es gibt die unterschiedlichsten Arten zu relaxen.

Utz legt die Wolldecke ins Moos.

- Das sehe ich auch so.

Silke lässt die Finger flattern.

- Wollen wir uns setzen und das weitere Vorgehen beraten?

Ost wirft sich mit Anlauf aufs Sofa.

- Ja!

Belinda sinkt ins Kissen.

- Die Länge reicht problemlos aus.

Utz nimmt neben ihr Platz.

- Bewusst langsam und tief atmen könnte uns beruhigen.

Silke lässt sich in der Ecke nieder.

- Diese Pause vergessen wir nicht so schnell.

Ost winkelt selbstversunken den Arm an.

- Wir verstehen es, uns zu erholen.

Eine Frau kommt zum Felsen.

- Hallo, ich bin Desiree Regenberg.

Sie trägt ein Sommerkleid, fragt Huch.

- Schreibst du gern Postkarten?

Er sagt mit breitem Lächeln.

- Gemeinsam geht das besser als allein.

Desiree schlägt die Hände über dem Kopf zusammen.

- Du sagst es! Ich bin dabei.

Huch zieht eine Augenbraue sanft nach oben.

- Ich frage mich, wer Post erwartet.

Sie läuft durch den Wald, schaut zu den Bäumen auf.

- Sehen wir uns um!

Ein Mann macht kleine Schleifschritte.

- Hallo, ich bin Larry Hill.

Er trägt einen Hut.

- Ich weiß, wer sich auf eine Karte freut.

Desiree neigt den Kopf.

- Wer?

Hill bewegt die Unterarme auf und ab.

- Sie ist in Postkarten verliebt.

Ihre Augen glänzen.

- Wir geben alles dafür, den Namen zu bekommen.

Eine Frau wuselt auf dem Weg herum.

- Hallo, ich bin Yamina Mersin.

Sie trägt ein Tenniskleid.

- Postkarten begeistern mich.

Desiree lehnt zu Huch herüber.

- Er schreibt dir.

Hill klatscht die Schenkel gegeneinander.

- Er wäre fast bis ans Ende der Welt gelaufen, um dich zu finden.

Yamina hängt sich bei Huch ein.

- Was? So weit?

Er lässt ein langsames Lächeln in seinem Gesicht aufleuchten.

- Manchmal finden Übertreibungen statt.

Desiree zieht die Oberlippe hoch.

- Ich würde sagen: Wir sind großzügig.

Hill beugt das Knie.

- Vor allem, wenn wir schreiben.

Yamina nimmt einen tiefen Atemzug.

- Das ist ein guter Grund.

Desiree reckt die Hand in die Höhe.

- Wir suchen einen Aufhänger, damit du die Karte gern liest.

Hill schwenkt den Arm.

- Wir lassen verschiedene Anreden am gedanklichen Auge vorbeiziehen.

Yamina kehrt Huch den Kopf zu.

- Schreib doch einfach: Hallo Yamina!

Desiree bewegt die Schultern leicht nach vorn.

- Sind das zu viele Buchstaben?

Huch steckt den Bleistift hinters Ohr.

- Nein, die finden Platz.

Hill nickt aufmunternd.

- Sobald ich meine Augen schließe, sehe ich die Worte vor mir.

Yamina deutet auf eine Felsplatte.

- Willst du die Karte darauflegen?

Huch wischt den Staub weg.

- Ja gern! Danke für den Tipp!

Desiree fährt mit dem Finger über die Oberfläche.

- Über Jahrzehnte hinweg übersteht so ein Stein alles.

Hill neigt den Oberkörper leicht nach vorn.

- Wir können ihn sogar als Stehpult nutzen.

Die Wand singt

Der Fluss glitzert in der Sonne.
Huch hält einen Fuß ins Wasser.
Eine Frau bummelt am Ufer.

- Hallo, ich bin Natascha Iglesias.

Sie trägt ein T-Shirt und bringt ein Frottiertuch.
- Wohin geht die Reise?
Er zieht den Fuß aus dem Fluss.
- Die Straße entlang.
Natascha bietet ihm das Tuch an.
- Kannst du noch nichts Genaues sagen?
Huch trocknet den Fuß.
- Wohin sie führt, bleibt offen.
Ihre Hand gleitet über die Hüfte.
- Weißt du nicht, wohin wir gelangen?
Ein Mann huscht herbei.

- Hallo, ich bin Karl Chip.

Er trägt ein Jackett und bringt 2 Wäscheklammern.
- Ich habe zwischen die Bäume eine Leine gespannt.
Natascha zieht leicht die Luft ein.
- Das ist einladend.
Chip nimmt Huch das Tuch ab.

- Ehrlich gesagt, ich werbe für Bequemlichkeit.

Sie neigt das Gesicht in seine Richtung.

- Wie belastbar ist deine Leine?

Buchen recken sich am Ufer empor.

Er hängt das Frottiertuch auf.

- Das prüfen wir.

Natascha winkelt ein Bein an.

- Wir lieben deine Wäscheleine.

Chip dreht die Hand.

- In erster Linie sind es die Bäume, die beeindrucken.

Sie senkt die Lider.

- Und die Straße.

Er wischt sich mit dem Arm über den Mund.

- Die Straße? Wie kommst du darauf?

Natascha lässt die Schultern hängen.

- Sie ist lang, und wir wissen nicht, wo sie endet.

Eine Frau läuft ihnen entgegen.

- Hallo, ich bin Amalia Eppenberger.

Sie trägt ein Tüllkleid.

- Die Straße führt in die Wolken.

Natascha schließt die Augen.

- Das ist hoch hinaus.

Chips Fingerkuppen zittern.

- Ist eine Bergsteigerausrüstung erforderlich?

Amalia beugt den Ellbogen.

- Nein! Eure Sandalen und Kleider eignen sich.

Die Straße wendet sich vom Fluss ab, schlängelt den Berg hinauf.

Natascha sieht eine Bank.

- Da lässt es sich verweilen.

Chip setzt sich.

- Das ist die reinste Erholung.

Amalia überschlägt die Beine.

- Einen Reiz kann man der Bank nicht absprechen.

Natascha nimmt Platz.

- Mir gefällt die Aussicht.

Chip spreizt die Finger.

- Wir sammeln neue Eindrücke.

Amalia betrachtet Huch, dreht sich in seine Richtung.

- Setz dich zu uns!

Ein Mann fegt und tänzelt über die Straße.

- Hallo, ich bin Zander Just.

Er trägt Jeans.

- Mir fallen fast die Augen zu.

Natascha legt den Zeigefinger über den Daumen.

- Die Bank eignet sich für eine kurze Rast.

Chip wirft die rechte Hand in die Luft.

- Probier sie aus!

Amalia atmet tief in den Bauch.

- Wir sind gespannt, was du sagst.

Just plumpst auf die Bank.

- Da muss ich nicht lang nachdenken.

In seiner Miene liegt etwas Unerschütterliches.

- Sie schafft es in die Rangliste der beliebtesten Bänke.

Eine Frau geht aufrecht.

- Hallo, ich bin Susanna Oppermann.

Sie trägt glitzernde Turnschuhe.

- Endet die Straße im Nichts?

Amalia lässt die Beine baumeln.

- Nein, keine Sorge! Du gelangst in die Wolken.

Chip stützt das Kinn auf die linke Faust.

- Du kannst sie nicht verfehlen.

Natascha windet eine Haarsträhne um den Finger.

- Wir entspannen uns.

Just lehnt sich zurück.

- Nachher holen wir dich zurück auf die Erde.

Susanna drückt die Arme an den Körper.

- Diese Wanderung ist heikel, wenn man sie allein macht.

Sie schickt ein Lächeln zu Huch.

- Deine Meinung steht noch aus.

Er guckt vergnügt.

- Wir sehen uns die Wolken aus der Nähe an.

In Serpentinen windet sich die Straße den steilen Hang hinauf.

Susanna legt Huch die Hand auf die Schulter.

- Mit dir genieße ich den Spaziergang.

Huch richtet den ganzen Körper auf.

- Es ist ein ungewöhnlicher Ort.

Ihr Kehle bebt bei jedem Atemzug.

- Ich wäre nicht erstaunt, wenn ich mit dir auf den Wolken gehen könnte.

Ein Mann schlendert auf der Straße.

- Hallo, ich bin Leif Gosch.

Er trägt einen Jogginganzug.

- Das Wetter meint es gut.

Hochfliegende Wolken ziehen um den Berg, berühren die Straße.

Susanna hält den Atem an.

- Sollen wir einen Fuß daraufstellen?

Gosch zwinkert mit den Augen.

- Warum nicht?

Sie senkt die Augen.

- Nur schon beim Gedanken wird uns schwindlig.

Er kämmt sich das Haar aus der Stirn.

- Lasst euch einfach nichts anmerken!

Susanna steigt auf die erste Wolke.

- Trägt sie uns?

Gosch breitet die Arme aus und hopst voran.

- Bleibe leicht!

Sie zeigt beim Lächeln alle Zähne.

- Unglaublich! Ich kann nach Herzenslust laufen.

Er tritt nur mit den Fußspitzen auf.

- Es ist, als wäre die Schwerkraft aufgehoben.

Susanna legt die Hand auf die Schläfe.

- Ich fühle mich geborgen.

Gosch beugt den Oberkörper.

- Das ist die schönste Wolke.

Sie bewegt ihre Hüfte weich.

- Ein Traum erfüllt sich.

Er lässt die Arme seitlich hängen.

- Wir sind in die Wolkenzeit versetzt.

Susanna guckt Huch an.

- Du solltest auch mitmachen.

Gosch geht auf die Spitze und dreht Pirouetten.

- Wir laden dich ein!

Eine Frau wandelt über die Wolke.

                              - Hallo, ich bin Carina Pantani.

Sie trägt ein Tutu.

- Eine Wand ist mit Buchstaben bestückt. Seid ihr interessiert?

Susanna hält die Hand locker flatternd in die Luft.

- Der Himmel liegt nur wenige Schritte entfernt.

Gosch sagt mit halb geschlossenen Augen.

- Da haben wir keine Lust umzukehren.

Carina lächelt Huch zu.

- Willst du auch weiter aufsteigen?

Er atmet tief ein und aus.

- Was schlägst du vor?

Sie legt das Kinn auf den Handrücken.

- Wir schauen die Wand an.

Susanna geht in die Hocke.

- Mich hat die Wolke vom ersten Moment an bezaubert.

Gosch verdeckt die Augen mit der Sonnenbrille.

- Kein Wunder also, wenn wir uns umsehen.

Carina stellt ein Bein hinter das andere.

- Dann treffen wir uns später bei der Wand, abgemacht?

Susanna rennt hoch hinauf.

- Unbedingt! Wir schwärmen nur kurz aus.

Gosch hüpft auf einem Bein.

- Wir bleiben zusammen.

Carina kreist die Schulter vorwärts.

36

- Wir sind ein Team.

Sie führt Huch zu einer Serpentine.

- Hörst du etwas?

Er legt den Finger auf die Lippen.

- Es könnte sein, dass die Wand singt.

Zita hält vor einem verlassenen Steinhaus.

- Da sind wir!

Sie tritt vor die pfefferminzgrüne Fassade mit der verwitterten Schrift.

- Jedes Mal, wenn sie singt, gehen alle Türen und Fenster auf.

Das Waldhorn und das Nashorn

Durch eine Lücke in den Wolken dringt ein Sonnenstrahl.
Er hebt die Insel aus dem türkisfarbenen Wasser hervor.
Huch betrachtet die Segel.
- Sollte ich versuchen zu steuern?
Das Boot scheint fast zu schweben.
Eine Frau steht auf dem Steg.

                                    - Hallo ich bin Andrea Masaru.

Sie trägt einen Badeanzug.
- Lässt du dich von der Strömung tragen?
Er geht zum Steuerruder.
- Nein, vom Boot.
Andrea beugt sich vor.
- Willkommen auf der Insel!
Huch greift zur Leine.
- Darf ich das Boot vertäuen?
Sie nimmt ihm das Seil ab.
- Das mache ich! Die Insel ist ideal zum Relaxen.
Er steigt aus.
- Und das beginnt auf dem Steg?
Andrea schiebt die Sonnenbrille ins Haar.
- Für ganz coole Segler bereits auf dem See.
Huch malt mit dem Finger eine Null in die Luft.
- Ich vermute, dass ich den Wind verpasst habe.

Sie läuft auf einem Pfad in den Schatten der Bäume.

- Gehen wir ein Stück weit?

Er setzt einen Fuß vor den anderen.

- Ja! Vielleicht erhellt sich auf dem Weg das Geheimnis der Insel.

Andrea wandert an einem Schild vorbei.

- Das solltest du lesen.

Huch entziffert die Schrift.

- Wer etwas findet, darf es behalten.

Sie dreht ihm die Hüfte zu.

- Das ist eine einfache Regel.

Er reibt sich die Augen.

- Ein bisschen mehr Information wäre schön.

Durchs Unterholz führt der moosige Pfad weiter.

Andrea dreht sich um die eigene Achse.

- Hier kannst du viele Vogelarten sichten.

Huch spreizt Daumen und Zeigefinger.

- Einige sperren den Schnabel auf und singen, kaum dass sie geschlüpft sind.

Sie hebt die Sonnenbrille und fährt sich durchs Haar.

- Du kennst dich aus.

Er legt die Hände mit den Innenseiten aufeinander.

- Nein, ich stelle mir nur vor, wie ich das machen würde, wenn ich ein Vogel wäre.

Andrea streift durch den Wald.

- Wie auch immer! Die Insel ist ein Ort, der Sehnsüchte erfüllt.

Huch schlenkert die Arme.

- Sicher gibt es verschiedene Lieblingsplätze.

Sie führt ihn vor ein bananengelbes Holzhaus mit Grasdach.

- Wenn wir miteinander hineingehen, ist es anders als einsam und allein.

Er liest den Zettel an der Tür.

- Probiere mich zu öffnen.

Ein Mann hopst zum Eingang.

- Hallo, ich bin Valerio Flopp.

Er trägt eine Kapitänsmütze.

- Ich habe Lust herauszufinden, ob ich es schaffe.

Andrea kann das Lächeln nicht unterdrücken, als sie ihn sieht.

- Die Tür zieht viele Menschen an.

Flopp stellt sich auf ein Bein.

- Ich öffne sie.

Sie horcht neugierig an der Tür.

- Lass mich das machen!

Er lehnt sich gegen die Wand.

- Dann schaue ich zu.

Andrea drückt die Klinke.

- Sie bewegt sich ungemein leicht.

Flopps Lider flackern.

- Siehst du etwas?

Sie öffnet die Tür einen Spaltbreit.

- Ja! Ein Löffel liegt am Boden.

Er beugt seinen Kopf tief.

- Für gänzlich wertlos sollten wir ihn nicht halten.

Andrea bückt sich.

- Durchaus nicht! Er ist aus purem Gold!

Flopp rückt seine Kapitänsmütze zurecht.

- Ich grüble schon jetzt, was wir damit anfangen.

Sie reckt das Kinn.

- Lassen wir ihn liegen?

Er legt den Finger auf die Unterlippe.

- Nein, wir heben ihn auf.

Andrea zeigt Huch den Löffel.

- Gefällt er dir?

Eine Frau durchquert den Wald.

                              - Hallo, ich bin Yolanda Babcock.

Sie trägt ein Ballerinenkleid.

- Ich finde ihn ungeheuer aufregend.

Andrea verdreht die Hand leicht nach außen.

- Möchtest du ihn?

Flopp schiebt die Zunge über die Lippen.

- Wir verschenken ihn gern.

Yolanda nimmt den Löffel.

- Danke! Ich kann ihn brauchen.

Andrea stemmt die Arme hoch.

- Ganz im Gegensatz zu uns. Wir essen meistens mit Stäb-
chen.

Flopp hebt ein Bein etwas vom Boden ab.

- Oder mit Messer und Gabel.

Yolanda schaut Huch aufmunternd an.

- Trittst du manchmal als Musiker auf?

Er hält die Luft an und legt ein paar Schweigesekunden
ein.

- Wie kommst du darauf?

Ihre Stimme klingt hell.

- Ich hätte gern eine Trommel.

Ein Mann springt zum bananengelben Haus.

- Hallo, ich bin Dino Hauf.

Er trägt einen Mantel und bringt eine Trommel.

- Das Schlagfell ist gespannt.

Andrea streckt den Nacken.

- Schadet das?

Hauf stellt die Trommel ab.

- Nein! Das wäre mir aufgefallen.

Flopp trommelt mit den Fingern.

- Vielleicht entspannt es sich zwischendurch von selber.

Yolanda blinzelt.

- Darf ich den Löffel darauflegen?

Hauf sieht sie fragend an.

- Was? Willst du damit trommeln?

Sie schließt die Augen.

- Gewiss nicht! Ich möchte einen kleinen Drachen anlocken.

Andrea richtet den Blick ins Leere.

- Wie geht das?

Flopp spreizt die Finger ab.

- Mit einer Trommel und einem Löffel?

Yolanda klappt die Lider hoch.

- Ich versuche, mich in einen Drachen hineinzuversetzen.

Hauf wischt mit der Hand durch die Luft.

- Möchtest du ihn verstehen?

Sie sagt in gut gelauntem Ton.

- Ja! Die Trommel ist ein idealer Landeplatz.

Andrea fährt sich mit dem Handrücken über die Stirn.

- Und wozu dient der Löffel?

Yolanda legt ihn auf die Trommel.

- Er blinkt und lädt den Drachen ein.

Die Wipfel der Buchen durchzieht ein leichter Windstoß.

Fledermausklein flattert ein Drache durch die Äste.

Flopp presst die Hände auf den Magen.

- Ich weiß nicht, was ich tun soll.

Yolanda wispert hinter vorgehaltener Hand.

- Bleibe ganz ruhig!

Hauf richtet den Oberkörper auf

- Atme tief und gleichmäßig!

Der Drache landet auf der Trommel.

Andrea lässt die Arme locker baumeln.

- Ein Stück Glück!

Flopp hält sich die Hand vor den Mund.

- Dank dem hellen Schlagfell hat er den Platz gefunden.

Ein Lächeln huscht über Yolandas Gesicht.

- Ich muss zugeben, die Trommel ist handlich.

Hauf lässt seinen Blick in die Runde schweifen.

- Sicher! Ich kann sie überall aufstellen.

Der kleine Drache richtet sich auf, ergreift den Löffel.

Andrea schiebt die Unterlippe vor.

- Er hat neugierige Augen.

Flopp neigt den Kopf nach vorn.

- Geschickt geht er es an.

Yolanda atmet tief ein.

- Könnte es sein, dass er mit dem Löffel tanzen will?

Hauf richtet den Blick auf Huch.

- Hast du ein Waldhorn?

Eine Frau kommt in aufrechter Haltung.

- Hallo, ich bin Ulla Wollny.

Sie trägt einen Bikini und bringt ein Waldhorn.

- Sein Klang wirkt Wunder.

Andrea stellt sich neben Huch, berührt seine Schulter.

- Ich hätte lieber ein Nashorn.

Flopp schlenkert mit den Armen.

- Es gelingt dir sicher, eines zu rufen.

Der Weg windet sich aufwärts

Ein Busch öffnet betörend grüne Blüten im Bambuswald.
Huch streift durch den Park, hält bei einem Sockel inne.
Ein riesiger Kastanienbaum krallt seine Wurzeln in den Kiesweg.
Eine Frau eilt in kleinen Trippelschritten.

- Hallo, ich bin Tatjana Rehfeld.

Sie trägt ein Chiffonkleid und bringt einen Bleistift.
- Schreibst du?
Ein Mann schlendert auf dem Kiesweg.

- Hallo, ich bin Pirmin Eich.

Er trägt ein Matrosenhemd und bringt einen Block Papier.
- Mit jedem Brief beginnt eine neue Welt.
Tatjana gibt Huch den Stift.
- Wenn ich mir das vorstelle, kriege ich Gänsehaut.
Eich drückt ihm den Block in die Hand.
- Du bist sicherlich dankbar fürs Papier.
Huch hält die Luft an.
- Ja, vielen Dank! Schicken wir einen Gruß?
Sie lacht hell.
- Das ist für mich nicht die dringlichste Frage.
Eich schiebt die Hände zusammen.

47

- Genau! Wir fragen: Soll der Brief gewöhnlich sein?

Tatjanas Zunge berührt die Oberlippe.

- Ganz und gar nicht!

Eich wiegt den Kopf.

- Und wer erhält ihn?

Eine Frau springt ihnen entgegen.

- Hallo, ich bin Oda Goldbach.

Sie trägt ein Etuikleid.

- Ich hätte gern Post.

Tatjana hebt ein Bein, schaukelt den Fuß.

- Ist gut! Gemeinsam finden wir heraus, was dir gefällt.

Eich schnalzt mit der Zunge.

- Dann geht das Schreiben leicht von der Hand.

Oda stemmt den Ellbogen raus.

- Stresst euch aber bitte nicht, weil ihr alles perfekt machen wollt!

Tatjana schließt die Lider.

- Keine Sorge! Wir vermeiden Stress.

Eich krümmt den Rücken wie ein Fragezeichen.

- Was hättest du gern?

Oda fasst sich ans Herz.

- Ein Taschentuch, wenn ich vor Rührung feuchte Augen bekomme.

Tatjana wendet sich Huch zu, legt ihm die Hand auf die Schulter.

- Beginne mit: Hallo Oda.

Eich schlägt ihm gleich die Fortsetzung des Briefs vor.

- Bei einer berührenden Feier schenke ich dir mein Taschentuch.

Oda wirft mit einer leichten Kopfbewegung eine Haarsträhne zurecht.

- Der Satz bringt mich in Fahrt.

Tatjana wippt in den Knien.

- Dein Lächeln gefällt uns.

Eich streckt den Arm aus und zielt mit dem Finger auf den
Sockel.

- Stell dich einmal darauf.

Oda kippt das Becken nach hinten.

- Im Ernst? Ich bin nicht gern ausgestellt.

Ein Mann läuft über den Kiesweg.

                         - Hallo, ich bin Klaus Camp.

Er trägt eine Uniformmütze und bringt eine goldene Leiter.

- Setze den Fuß auf die unterste Sprosse!

Tatjana legt beide Hände mit den Fingerspitzen aneinan-
der.

- Gibt es etwas, das Oda begreifen sollte?

Eich öffnet die Arme.

- Ja! Wie fantastisch die Welt von oben aussieht!

Oda senkt das Kinn.

- Ich stehe lieber auf dem Boden.

Camp stellt die Leiter an.

- Du weißt gar nicht, was du verpasst.

Tatjana schaut schräg und keck.

- Manchmal muss man einen Abstecher machen.

Eich sichert die Leiter mit der Hand.

- Ein bisschen abheben schadet nichts.

Oda lässt ihren Blick schweifen.

- Meint ihr?

Camp zeigt mit den Fingerspitzen zum Himmel.

- Es würde sich lohnen.

Sie steigt die Leiter hinauf.

- Ist das gefährlich?

Tatjana tippt mit dem linken Fuß auf den Boden.

- Nein! Ich glaube, wir dürfen dir ein Kompliment machen.

Eichs Augen blitzen.

- Du bist mutig.

Oda kommt oben an, richtet sich auf.

- Erst auf dem Sockel kann ich wieder lachen.

Camp klatscht.

- Deine Fans verehren dich.

Sie neigt den Oberkörper vor.

- Fans? Wo siehst du Fans?

Tatjana wölbt grazil den Hals.

- Wir sind deine Fans.

Eich hält seinen Kopf auf die verschränkten Hände gestützt.

- Dein Lachen ist ansteckend.

Oda bückt sich, nimmt Huch den Block ab.

- Man bekommt ja nicht alle Tage einen Brief.

Camp schiebt sein Kinn nach vorn.

- Und sonst? Was machst du noch gern?

Sie sagt leise, in sich gekehrt.

- Ich weiß gar nicht. Es gefällt mir, Zeug anzuschauen.

Tatjana zieht den Bleistift aus Huchs Hand.

- Was für Zeug?

Oda steigt vom Sockel.

- Kreidemännchen und so Sachen.

Eich wirft einen fragenden Seitenblick auf Huch.

- Weißt du, wo es Kreidemännchen gibt?

Eine Frau tritt ruhig auf.

- Hallo, ich bin Samira Zinder.

Sie trägt einen Gymnastikanzug.

- Ich zeige euch einen Pflasterplatz.

Camp hebt die Ferse vom Boden.

- Wo ist er?

Sie stürmt aus dem Bambuswald.

- Kommt mit! Er ist von allen Seiten zugänglich.

Tatjana läuft ihr nach.

- Eines muss man dir lassen. Du kannst uns begeistern.

Eich folgt.

- Toll wäre es, wenn wir ein Kreidemännchen sähen.

Beim Pflasterplatz hört der Weg auf.

Oda führt die Arme auf den Rücken.

- Die Leere ist so auffällig, dass sie ins Auge springt.

Camp winkelt die Ellbogen in verschiedene Richtungen.

- Was soll's! Eigentlich bräuchten wir nur ein Stück Kreide.

Samira schüttelt die Finger.

- Dann könnten wir das Männchen selber zeichnen.

Tatjana legt das Gewicht auf den rechten Fuß.

- Und da sind wir sehr einfallsreich.

Eich weist mit dem Zeigefinger auf Huch.

- Hast du ein Stück?

Ein Mann tanzt versunken auf den Plattenplatz.

- Hallo, ich bin Ilias Ney.

Er trägt ein Polohemd und bringt eine Kreide.

- Viele Menschen träumen davon, ein Kreidemännchen zu zeichnen.

Tatjana sieht ihn freundlich an.

- Mit gutem Grund: Man fühlt sich hingezogen.

Eich bewegt den Arm.

- Ich kann kaum widerstehen.

Oda streckt den Rücken durch.

- Es war schon immer mein Wunsch.

Camp ermuntert sie.

- Möchtest du anfangen?

Sie schiebt den Finger in den Mund.

- Nein! Lieber zuschauen!

Samira sieht prüfend Ney an.

- Darf ich dich bitten?

Er drückt Huch die Kreide in die Hand.

- Noch schöner wäre es, wenn du anfängst.

Huch zeichnet mit wenigen Kreisen und Strichen ein Männchen.

- Der Vorteil der Kreide liegt auf der Hand. Sie ist leicht.

Tatjana federt in den Knien.

- Es braucht auch ein genaues Auge.

Eich schließt die Füße.

- Behältst du die Kreide?

Huch reicht sie Ney.

- Nein! Ich gebe sie gern zurück.

Oda macht die Augen zu.

- Schade, hast du nur ein Kreidemännchen gemalt!

Camps Stimme klingt vergnügt.

- Wir können nicht genug bekommen.

Samira breitet die Arme aus.

- Wieso? Es macht doch Spaß aufzuhören.

Ney rollt die Kreide zwischen Daumen und Zeigefinger.

- Sonst landen wir im Dauerstress.

Eine Frau bewegt sich auf den Plattenplatz.

- Hallo, ich bin Jenny Lüdtke.

Sie trägt eine Pluderhose.

- Ich habe nichts anderes im Sinn als mich zu entspannen.

Tatjana kreist die Schulter nach hinten.

- Und wie gehst du es an?

Jenny schlägt einen Weg ein, der sich aufwärts windet.

- Das zeige ich euch gern.

Die Stimme der Fledermaus

Der Fluss glitzert und schäumt tief unten in der Schlucht.
Huch streift durch den Abhang.
Bei einem Lindenbaum hört der Weg auf.
Eine Frau steigt die Bergflanke hinunter.

- Hallo, ich bin Helga Bara.

Sie trägt ein Jeanskleid.
- Vielleicht sind wir am Ende der Reise.
Huch streckt seinen Körper durch.
- Dann halten wir an und kehren um.
Ein Mann zuckelt durch den Hang.

- Hallo, ich bin Ulan Desch.

Er trägt eine Radlerhose.
- Die Linde hat einen intensiven Duft.
Helga riecht.
- Er geht unter die Haut.
Desch schnuppert.
- Duft hat noch nie jemandem geschadet, oder?
Ihre Augen leuchten.
- Nein! Mach dir keine Gedanken!
Er dehnt den Rücken.
- Ich glaube eher, dass er beruhigt.

Helga schaut Huch an.

- Gibt es in der Nähe eine Hängematte?

Eine Frau kreuzt auf.

- Hallo, ich bin Mandy Ferrara.

Sie trägt ein Fledermauskostüm.

- Wollt ihr auf besondere Art relaxen?

Desch hebt das Handgelenk.

- Ja! Vor allem, wenn sie besonders gut ist.

Mandy geht zu einer steil aufragenden Felswand mit Klüften.

- Dann besucht meine Höhle.

Helga eilt ihr nach.

- Ich bin neugierig.

Desch greift sich an den Kopf.

- Ich will soviel wie möglich sehen und erleben.

Mandys Blick schwenkt zu Huch.

- Bleib nicht zurück!

Sie wartet auf ihn.

- Die perfekte Höhle hat keinen Durchzug.

Helga lässt die Arme baumeln.

- Eine Besichtigung lohnt sich.

Desch streckt seine Finger aus.

- Die Wand ist glatt. Wir könnten malen.

Mandy dreht sich nach Huch um.

- Hast du Farbe?

Ein Mann fegt in die Höhle.

- Hallo, ich bin Vitali Arp.

Er trägt ein Sakko und bringt einen Topf mit fliegenpilzroter Farbe.

- Ich finde die Atmosphäre toll.

Helga öffnet den Mund weit.

- Hier können wir in Ruhe ausprobieren und werden auch nicht geschubst.

Desch schnappt nach Luft.

- Braucht es Mut, den Fels zu bemalen?

Mandy runzelt die Stirn.

- Ich denke, wir brauchen einen eigenen Stil.

Arp zieht die Augenbrauen zusammen.

- Und eine prickelnde Idee.

Eine Frau kommt in leicht gebeugter Haltung in die Höhle.

- Hallo, ich bin Wally Yasar.

Sie trägt ein goldenes Gewand und bringt einen Pinsel.

- Wollt ihr so schwungvoll wie nur möglich malen?

Helga hibbelt und zappelt.

- Ja sicher! Am liebsten würde ich mich gleich auf den Pinsel stürzen.

Desch nimmt ihn in die Hand.

- Ich finde es vernünftig, sich zuerst vertraut zu machen.

Mandy streift mit dem Finger über die Haare.

- Wer weiß, wie geschmeidig sie sind.

Arp stellt den Topf ab.

- Ich brauche etwas Bewegung.

Wally lehnt zwanglos gegen den Felsen.

- Spielst du ein Tier?

Er tanzt ein paar schleichende Schritte.

- Ich bin ein Fuchs.

Helga lässt die Schultern nach vorn fallen.

- Das liegt dir.

Desch lockert seinen Kiefer.

- So werden die Füße kuschelig warm.

Mandy bewegt grazil die Finger.

- Was malen wir?

Arps Augen gleiten über die Höhlenwand.

- Ein Kleiderschrank würde passen.

Wally streckt den Unterarm.

- Dann sieht die Wand gewinnend aus.

Helga hebt das Kinn.

- Ein Schrank lässt auch den Menschen gut aussehen, der davorsteht.

Desch reicht Huch den Pinsel.

- Wie fühlt es sich an, wenn alle auf dich warten?

Huch holt Farbe.

- Das ist fast so, als würden wir alle miteinander malen.

Mandy reibt den Nacken am Haaransatz.

- Das Rot stimmt für uns.

Arp streicht mit der Hand über die Brust.

- Es ist weder zu hell noch zu dunkel.

Wally empfiehlt.

- Halte den Pinsel locker!

Huch verbindet 4 Striche zu einem Viereck.

- Es gibt verschiedene Wege, einen Schrank zu malen.

Helga hüpft.

- Du wählst den einfachsten.

Desch wirft den Kopf zurück und lacht.

- Wir vermissen etwas.

Mandy nimmt den Zeigefinger zwischen Daumen und Mittelfinger.

- Was denn?

Arp streckt die Hände.

- Eine Tür!

Wally rollt die Zehen ein.

- Könntest du ein zweites Viereck malen?

Helga winkelt die Arme vom Körper ab.

- Etwas kleiner, etwas feiner! Das gäbe die Schranktür.

Huch tunkt den Pinsel in die Farbe.

- Ja gern! Wenn es nichts weiter ist!

Er malt eine Linie nach rechts, nach unten, nach links, nach oben.

- Fehlt noch etwas?

Desch senkt den Kopf.

- Ich wünsche einen Griff.

Huch zieht einen kurzen Strich.

- Hoffentlich wirkt er nicht aufdringlich.

Arp wischt sich das Haar aus der Stirn.

- Nein, im Gegenteil! Er spricht uns an.

Wally fasst sich an die Wange.

- Wir bekommen Lust, die Tür zu öffnen.

Helga zieht am Griff.

- Ich liebe Überraschungen.

Die Schranktür springt auf.

Desch späht ins Innere.

- Die Regale sind prall gefüllt.

Mandy wischt mit der rechten Hand über den linken Arm.

- Sie warten auf euch.

Ein Mann tanzt in die Höhle, stoppt.

- Hallo, ich bin Niko Tietz.

Er trägt Turnschuhe.

- Ich hätte gern ein Sakko.

Arp zieht seines aus.

- Vielleicht hast du meine Größe.

Wally zeigt beim Lächeln die Vorderzähne.

- Sollen wir dir helfen?

Helga strahlt über das ganze Gesicht.

- Wir könnten es halten.

Desch schaut ihn von der Seite an.

- Dann musst du nur noch hineinschlüpfen.

Tietz zieht das Sakko an.

- Danke! Ich versuche es selber.

Mandy reibt sich die Augen.

- Es steht dir.

Arp schenkt ihm einen tiefen, prüfenden Blick.

- Dreh dich um!

Wally faltet die Hände vor der Brust.

- Auch von hinten siehst du hinreißend aus.

Tietz atmet tief durch.

- Ich bin seriös bekleidet.

Arp guckt nach rechts und nach links.

- Ich würde zu gern wissen, was der Schrank enthält.

Er greift ein Fledermauskostüm heraus.

- Kann ich es problemlos an- und ausziehen? Was meint ihr?

Helga legt die Arme an den Körper.

- Und wie! Du passt in jedes Kostüm.

Desch spreizt die Finger ab wie kleine Flügelchen.

- Fast muss man von einem Glücksfall reden, dass wir den Schrank aufmachten.

Mandy hilft Arp ins Kostüm.

- Ist es angenehm?

Er reißt die Hände hoch, strafft die Flügel.

- Ich habe ein gutes Gefühl.

Wally tigert um ihn herum.

- Bist du bereit zum Flug?

Tietz flattert zur Höhlendecke hinauf.

- Ja! Plötzlich ist da eine Stimme, die sagt: Ich will.

Der Drache fliegt zum Sofa

Dunkelblau schlängelt sich der See durchs Waldtal.
Huch wandert zu einer Lichtung, gelangt in eine backpul-
verweiße Sandbucht.
Eine Frau tanzt mit ausgebreiteten Armen, in der Hand ein
Buch.

> - Hallo, ich bin Laila Kubicki.

Sie trägt ein Hüfttuch.
- Versiehst du das Buch mit einer Nummer?
Ein Mann läuft durch die Bucht.

> - Hallo, ich bin Olaf Gergs.

Er trägt eine Safariuniform, bringt einen Stift.
- Ich höre gern das Papier knistern.
Laila gibt ihm das Buch.
- Die erste Seite ist noch leer.
Gergs schlägt es auf.
- Soll ich eine Nummer eintragen?
Sie bestätigt.
- Ja! Das wünsche ich.
Er steckt den Stift in den Mund.
- An welche hast du gedacht?
Laila schließt genießerisch die Augen.

- An eine smarte.

Gergs fragt Huch.

- Weißt du, welche Nummer smart ist?

Eine Frau stößt hinzu.

- Hallo, ich bin Elfi Silberhorn.

Sie trägt enge Jeans, bringt einen Würfel.

- Er liefert die Nummer.

Laila deutet mit den Händen einen Kreis an.

- Das übertrifft alles.

Gergs blinzelt in die Sonne.

- Ein Würfel bietet nämlich nur Glückszahlen.

Elfi gibt ihn Huch.

- Es braucht Fingerspitzengefühl.

Huch setzt sich in den Sand, würfelt.

- Ich habe eine 3.

Laila hebt den Würfel auf.

- Das ist eindeutig.

Gergs reicht Huch das Buch und den Stift.

- Schreibe bitte „3"!

Elfi senkt die Lider.

- Ich habe gehört, dass Schreiben ein Glücksgefühl gibt. Stimmt das?

Huch schreibt die Nummer auf die erste Seite.

- Ja, das kann zwischendurch passieren.

Laila schiebt eine Schulter nach vorne.

- Wir haben es geschafft!

Gergs nimmt Huch den Stift ab.

- Ein von Hand nummeriertes Buch ist einmalig.

64

Ein Leuchten fliegt in Elfis Gesicht.

- Wir haben uns selber übertroffen.

Laila beugt den Oberkörper zu Huch.

- Es ist ein Ereignis!

Gergs redet in atemberaubenden Sprechtempo.

- Wir haben es mitgestaltet.

Eine brennende Giraffe trabt durch die Sandbucht.

Elfi hebt den Kopf.

- Sie kommt ungestüm.

Laila hält den Würfel zwischen Daumen und Zeigefinger.

- Sie senkt den Hals.

Gergs stützt das Kinn in die Hand.

- Vielleicht fühlt sie sich vom Buch angezogen.

Elfi tippt Huch an.

- Sorgst du dafür, dass sie sich abkühlt?

Ein Mann stakst auf sie zu.

                    - Hallo, ich bin Pasquale Cork.

Er trägt ein Vogelkostüm.

- Ich rede mit der Giraffe.

Laila schließt die Augen.

- Wenn sie dich nur versteht!

Gergs dreht sich im Kreis.

- Geh nicht zu nah heran!

Cork trippelt in Schleifschritten durch den Sand.

- Ich versuche es.

Elfi zieht die Brauen nach oben.

- Stresst sie dich?

Er nähert sich der brennenden Giraffe.

- Ich erfahre es gleich.

Laila ermahnt ihn.

- Sei bitte vorsichtig!

Cork redet mit der Giraffe.

- Weißt du, warum du brennst?

Er gibt die Antwort gleich selber.

- Wahrscheinlich liegt Wassermangel vor.

Die Giraffe springt in den See. Die Flammen zischen, löschen aus.

Gergs jubelt.

- Ich dachte es! Wasser wirkt.

Elfi hebt die Arme zur Seite hoch.

- Vermeide es zu triumphieren!

Cork kratzt sich am Nacken.

- Das provoziert die Giraffe.

Laila dreht die Hüfte.

- Du hast recht. Wir stören sie nicht.

Gergs spricht in gedämpftem Ton.

- Wir unterstützen sie.

Die Giraffe steigt aus dem See.

Elfi neigt den Kopf.

- Danke, dass wir zuschauen durften!

Cork spürt den Sand unter seinen Sohlen.

- Wir haben es überstanden.

Die Giraffe läuft mit federnden Schritten aus der Bucht.

Laila legt die Hände hinter dem Rücken übereinander.

- Jetzt wird es ruhiger.

Gergs geht leicht in die Grätsche.

- Interessiert sich sonst noch wer für das nummerierte Buch?

Ein goldener Feuerdrache fliegt über den See.

Elfi verbirgt ihre Augen hinter der Sonnenbrille.

- Ein Drache! Er gleitet in luftiger Höhe.

Cork legt einen Arm vor die Brust.

- Ob er uns sieht?

Der Feuerdrache landet am Ufer.

Eine Frau springt von seinem Rücken.

- Hallo, ich bin Imke Rosenblatt.

Sie trägt einen Kimono.

- Ein nummeriertes Buch kann Stress auslösen.

Laila tritt auf der Stelle.

- Das haben wir nicht vorausgesehen.

Gergs rudert mit den Ellbogen.

- Es ist deswegen sehr wichtig zu relaxen.

Imke legt eine Hand seitlich an den Kopf.

- Möchtet ihr bewusst langsam und tief atmen?

Elfi dreht eine Pirouette.

- Lieber nicht! Wir hätten gern ein Sofa.

Imke lässt ein Lächeln aufblitzen.

- Setzt euch auf meinen Drachen! Er weiß, was ihr wünscht.

Cork stemmt die Hände in die Hüften.

- Sind wir alle eingeladen?

Sie schwingt den Arm.

- Ja! Der Drache mag euch.

Laila steigt auf.

- Danke! Ich spüre es.

Gergs nimmt hinter ihr Platz.

- Ich fliege zum ersten Mal.

Elfi tanzt katzenhaft auf dem Rücken des Drachens.

- Findet ihr das auch aufregend?

Cork stemmt sich hoch.

- Allerdings! Ich musste allen Mut zusammennehmen.

Imke lehnt sich an Huch.

- Vertraust du ihm?

Er öffnet den Mund.

- Ja! Er hat eindrucksvolle Augen.

Sie erhebt die Hände bis zur Schulter.

- Das hat er! Such dir einen Platz aus!

Huch guckt auf das Buch.

- Danke! Zuerst möchte ich es lesen.

Lailas Finger bewegen sich leicht.

- Das verstehen wir. Du hast es ja nummeriert.

Imke klemmt die Hand unters Kinn.

- Was? Das ist dein Buch?

Huch hebt mit durchgedrücktem Rücken den Kopf.

- Moment! Ich habe nur die Nummer eingetragen.

Gergs schlägt den Blick nieder.

- Dafür bewundern wir dich.

Elfi stupst ihn an.

- Ich habe mir auch ein Ziel gesetzt.

Corks stellt das Bein schräg nach vorn.

- Welches? Denkst du an ein bestimmtes?

Sie streift ihn mit ihrem Arm.

- Ja! Irgendwann werde ich ein Buch nummerieren. Von Hand!

Imke beugt den Oberkörper ein wenig nach vorne.

- Ziele sind mein Lieblingsthema.

Laila zupft sich am Ohrläppchen.

- Darf ich dich an unser Ziel erinnern?

Gergs malt mit beiden Händen ein Kissen in die Luft.

- Wir freuen uns aufs Sofa.

Imke schwingt sich auf den Drachen.

- Ich weiß!

Elfi schließt die Augen.

- Wir möchten kuscheln.

Imke ruft Huch zu.

- Gönne dir auch eine Entspannung!

Der Drache läuft ein paar Schritte, schlägt die Flügel, hebt ab.

Die Froschprinzessin bläht sich auf

Flechten und Moos leuchten intensiv.
Huch spaziert durch ein Labyrinth aus Birken und Föhren.
Bei einer Lichtung landet eine Untertasse direkt vor ihm.
Eine Frau steigt aus.

- Hallo, ich bin Julie Zabel.

Sie trägt Leggings.
- Was macht ihr auf der Erde, dass ein Graffiti länger bleibt?
Ein Mann trifft ein.

- Hallo, ich bin Tarek Dorn.

Er trägt einen Zylinder.
- Wir verwenden Naturfarben und Pressluft.
Julie reibt sich die Hände.
- Wo habt ihr die wertvollen Farben?
Dorn stellt den rechten Fuß vor den linken.
- Immer in Bereitschaft.
Er lenkt den Blick auf Huch.
- Hast du dabei?
Eine Frau geht leicht nach vorn gebeugt.

- Hallo, ich bin Vivienne Wendland.

Sie trägt einen Morgenmantel und bringt eine Pressluftflasche.

- Die wichtigste Naturfarbe ist Farngrün.

Julie ballt die Hände.

- Wir beschließen etwas.

Dorn streckt den Rücken durch.

- Was?

Sie tanzt auf der Waldlichtung.

- Die Farbe auszuprobieren.

Vivienne lächelt Huch verschmitzt an.

- Kennst du eine interessante Wand, die man sonst eher selten findet?

Ein Mann folgt einem Schmetterling.

- Hallo, ich bin Udo Hall.

Er trägt einen kragenlosen Anzug.

- Am Waldrand gibt es eine Abrisswand.

Julies Gesicht hellt sich auf.

- Steht dort eine Ruine?

Hall steigt über Wurzeln.

- Ja! Das alte Perückenhaus ist schon halb abgebrochen.

Ein schmaler Pfad windet sich aus dem Wald.

Dorn reibt mit Daumen und Zeigefinger die Krempe des Zylinders.

- Gehörst du jetzt zu uns?

Hall hebt den Kopf.

- Ich bin dabei.

Vivienne befeuchtet mit der Zunge die Unterlippe.

- Unser Team wächst.

Hall legt die Hand auf die Brust.

- Ihr seid meine Freunde.

Sonnenstrahlen brechen durch die Wipfel.

Julie streckt die Arme aus.

- So langsam lichtet sich der Wald.

Dorns Auge schweift über einen Grashang.

- Die Wiese ist menschenleer.

Die Ruine des Perückenhauses lehnt gegen eine Telefon-kabine.

Vivienne sieht einen sich im Wind blähenden Liegestuhl.

- Ich ruhe mich aus.

Sie gibt Huch die Pressluftflasche.

- Vor dem Sprayen pumpst du Luft hinein.

Der Schmetterling fliegt zur Abrisswand.

Hall hebt das linke Bein leicht nach hinten.

- Er beobachtet uns neugierig.

Julie schlägt die Augen nieder.

- Braucht man fürs Graffiti eine große Wand?

Dorn zuckt die Achsel.

- Platz ist auf der kleinsten Fläche.

Vivienne zieht mit den Armen kleine Kreise.

- Es kommt darauf an, was du sprayst.

Hall krümmt die Finger.

- Ich wünsche einen Löwen.

Julie staunt mit hängendem Arm und offenem Mund.

- Wie kommst du darauf?

Er schließt die Augenlider halb.

- Wir sind auf ein Tier angewiesen.

Dorns Mundwinkel nehmen verträumte Züge an.

- Es schafft uns ein neues Wir-Gefühl.

Ein sumatragrüner Löwe bummelt durch den Grashang.

Vivienne hält gespannt den Atem an.

- Er ist der König der Langsamkeit.

Hall schiebt die Hüfte etwas vor.

- Das automatenhafte Marschieren im Gleichschritt widerstrebt ihm.

Der Löwe schiebt die angelehnte Tür der Telefonkabine auf.

Julie reißt die Augen auf.

- Perücken liegen darin.

Dorn wirft seinen Zylinder in die Luft.

- Ich nehme eine gelbe.

Vivienne springt aus dem Liegestuhl, fängt ihn.

- Warum wählst du Gelb?

Er legt eine safrangelbe Perücke an.

- Gelb steht für Freiheit von weltlichen Sorgen.

Hall jongliert mit unsichtbaren Bällen.

- Wo steht das?

Dorns Augen blitzen.

- In meinem Kopfkissenbuch.

Julie setzt den Fuß zum Gehen an.

- Solange der Löwe die Tür aufhält, schnappe ich mir eine rote.

Dorn spreizt den kleinen Finger ab.

- In keiner anderen Kabine liegen so viele Perücken.

Sie probiert eine flamingorote Perücke an.

- Falle ich damit auf?

Vivienne setzt sich Dorns Zylinder auf.

- Ja! Sie sticht ins Auge.

Er schlägt sich an die Stirn.

- Hey! Du trägst meinen Zylinder.

Sie hebt nur kurz den Finger in die Höhe und lässt ihn wieder sinken.

- Steht er mir?

Hall guckt neugierig.

- Ja! Zum Glück verstellt er nicht den Blick auf dein Gesicht.

Vivienne beugt den Kopf zu ihm.

- Wieso? Was gefällt dir an meinem Gesicht?

Er streift die Haare zurück.

- Deine Augen. Sie erzählen dein ganzes Leben.

Julie tippt ihr auf die Schulter.

- Ich liebe deine warme Stimme.

Vivienne bleibt der Mund offen.

- Danke! Ihr überhäuft mich mit Komplimenten.

Dorn probiert einen Tanzschritt.

- Wir sagen nur, was wir sehen und hören.

Viviennes Fersen zeigen leicht nach außen.

- Ist gut! Aber es kann einem auch über den Kopf wachsen.

Hall reckt den Hals.

- Da fällt mir ein: Ich brauche eine Perücke.

Er läuft zur Telefonkabine und wählt eine lilafarbene.

- Ich verberge meine Haare darunter.

Der sumatragrüne Löwe rennt davon.

Julie schaut zu Huch.

- Suchst du dir auch eine Perücke aus?

Er hält die Pressluftflasche hoch.

- Ich bin etwas langsam.

Dorn schüttelt den Kopf.

- Lass dich nicht unter Druck setzen!

Huch streicht sich über die Augenbrauen.

- Ich dachte, ihr wollt Druck in die Pressluftflasche bringen.

Viviennes Zunge leckt über die Oberlippe.

- Darf ich dir den Griff der Pumpe zeigen?

Eine Frau tritt heran, nimmt Huch die Flasche ab.

- Hallo, ich bin Melissa Forster.

Sie trägt ein Nachthemd und bringt eine Froschprinzessin.

- Wer sagt, dass ihr selber pumpen müsst?

Hall stellt sich auf die Zehenspitzen.

- Eigentlich niemand, wenn du so fragst.

Melissa bittet die Froschprinzessin.

- Blase dich auf!

Sie atmet ein, wird rund und groß wie ein Wasserball.

Julie zieht die Schulter hoch.

- Die Welt der Froschprinzessinnen ist mir eher fremd.

Dorn legt die Hände oberhalb der Schenkel an den Körper.

- Du musst nur in die Rolle der Forscherin schlüpfen.

Vivienne lässt die Lippen beim Reden leicht auseinander-
gehen.

- Dann lernst du ihre Lebensweise kennen.

Hall dehnt mit Daumen und Zeigefinger ein unsichtbares
Gummiband.

- Sie saugt sich mit Luft voll.

Melissa beugt den Kopf.

- Blase in die Pressluftflasche!

Die Froschprinzessin stößt die Luft ins Ventil.

Julie schließt die Füße eng zusammen.

- Du bist einmalig.

Dorn spannt die Lippen an.

- Keine Froschprinzessin gibt es zweimal.

Ein leichtes Lächeln umspielt Viviennes Mund.

- Wir bewundern dich.

Hall stellt sich auf die Zehenspitzen.

- Du schrumpfst doppelt so schnell, als du dich aufblähst.

Melissa gibt Huch die Flasche zurück.

- Nicht erschrecken, wenn der Druck zunächst sehr hoch ist!

Julie formt mit den Fingern ein Herz.

- Sprühe jetzt das Graffiti!

Huch geht zur Wand.

- Das nimmt etwas Druck.

Das azurblaue Taschentuch

Hüfthoch glänzt das Gras.
Huch geht an teegelber Schafgarbe und rosaroter Wicke
vorbei.
Eine Frau tänzelt durch die Wiese.

- Hallo, ich bin Alena Nowak.

Sie trägt ein Plusterkleid.
- Wären wir ein Liebespaar?
Ein Mann nähert sich auf Zehenspitzen.

- Hallo, ich bin York Bell.

Er trägt eine Badehose.
- Ich würde gern üben.
Alena kneift die Augen zusammen.
- Was möchtest du lernen?
Bell antwortet, ohne merklich mit der Wimper zu zucken.
- Dinge, die ich in einem Team beachten sollte.
Der Wind streicht durch ihr Haar.
- Welche Rolle willst du spielen?
Er kratzt sich am Kopf.
- Komponist? Geht das?
Alena bewegt sich aus der Hüfte heraus.
- Durchaus! Alle Menschen sind Komponisten.

Bell hebt die Augenbraue.

- Das wusste ich gar nicht.

Sie streichelt ihm über den Rücken.

- Siehst du? In unserem Team kannst du viel lernen.

Er presst den Zeigefinger auf die Lippen.

- Ist gut! Ich weiß nämlich beim besten Willen nicht, wie man komponiert.

Alena wendet sich an Huch.

- Könntest du es ihm zeigen?

Eine Frau läuft mit ausgestreckten Armen.

- Hallo, ich bin Ingrid Rizzo.

Sie trägt einen Rock.

- Ich verrate dir, wie du komponieren kannst.

Bell berührt mit dem Daumen die Kuppe des Zeigefingers.

- Danke vielmals! Ich würde gern eigene Songs singen.

Alena lehnt sich nach vorne.

- Möchtest du eine Gitarre?

Er beugt das Knie.

- Das wäre ein märchenhaftes Geschenk!

Ingrid fragt Huch.

- Weißt du, wo es Gitarren gibt?

Ein Mann raschelt und trippelt durchs Gras.

- Hallo, ich bin Theo Linn.

Er trägt ein Cap und bringt eine Gitarre.

- Ihre Saiten machen die Musik greifbar.

Alena zeigt auf Bell und lacht.

- Jetzt kannst du nach Herzenslust komponieren.

Bell rudert zeitlupenhaft mit den Armen.

- Was verstehst du unter Herzenslust?

Sie zeigt einen Anflug von Lächeln.

- Du fängst an und magst nie mehr aufhören.

Ingrid lässt die Schultern hängen.

- Ich finde Pausen wichtig.

Linn übergibt Huch die Gitarre.

- Unbedingt! Wisst ihr, wie Stress beginnt?

Alena streicht mit einem Finger über den Nacken.

- Klein, denke ich.

Bell fallen die Haare ins Gesicht.

- Er ist anfangs so winzig, dass ein Vergrößerungsglas an-
gebracht wäre.

Ingrid fragt Huch.

- Hast du Stress?

Er zupft eine Saite an.

- Nein, ich habe die Gitarre.

Der Klang dehnt sich lang wie ein Silberfaden.

Alena tanzt im hohen Gras.

- Deine Komposition hat eine magische Anziehungskraft.

Bell hält sich die Hände wie Hasenohren an die Schläfen.

- Was macht das Besondere aus?

Ingrids Nasenflügel beben.

- Es ist die positive, fröhliche Schwingung.

Linn klatscht.

- Am Ende kann man nur applaudieren.

Huch lässt die Hand sinken.

- Moment! Ich habe nur einen Ton gespielt.

Alena ist fasziniert.

- Er erinnert mich an den Hochzeitsmarsch.

Bell lässt den Körper hochschnellen und zusammensacken.

- Ich genieße vor allem die Pause, wenn er verklungen ist.

Ingrid räkelt ihre langen Beine.

- Ich fühle mich munter und ausgeruht.

Linn blickt mit schwerem Augenaufschlag in die Ferne.

- Das ist die Wirkung der Musik.

Alena schwingt ein Bein nach vorn.

- Ich hätte gern ein Brautkleid.

Bell wirft ihr einen Blick zu.

- Denkst du an eine bestimmte Farbe?

Alena stützt die Hände auf dem Becken ab.

- Ja, es sollte lilienweiß sein.

Ingrid sieht Huch an.

- Besorgst du Alena ein Brautkleid?

Eine Frau durchquert die Wiese.

- Hallo, ich bin Gabriella Oberhauser.

Sie trägt ein lilienweißes Brautkleid.

- Möchte jemand heiraten?

Alena schlüpft aus ihrem Plusterkleid.

- Ja, ich!

Gabriella zieht das Brautkleid ab.

- Die Antwort fällt eindeutig aus.

Linn wendet sich zu ihr um.

- Könnte Alena eventuell dein Brautkleid haben?

Gabriella reicht es ihr.

- Sicher! Ich habe mir immer überlegt, wem ich es schenken könnte.

Alena hält es mit einer Hand hoch.

- Danke vielmals!

Dann bietet sie Gabriella sogleich ihr Plusterkleid an.

- Willst du es?

Gabriella legt es an, fragt Huch.

- Wie findest du die Möglichkeiten, Kleider zu tauschen?

Er senkt den Blick.

- Fast unbegrenzt.

Alena berührt flüchtig, wie zufällig, seine Hand.

- Wen darf ich mit einem Heiratsantrag überraschen?

Ein Mann trampelt und hopst durchs Gras.

- Hallo, ich bin Ubaldo Pong.

Er trägt einen Frack.

- Wählst du mich?

Sie presst den Mund zu einem Strich zusammen.

- Was sagst du, wenn ich bei der Hochzeit weine?

Pong reckt die Schultern.

- Ich frage dich, ob du ein Taschentuch brauchst.

Alena neigt den Kopf.

- Was ist dein Lieblingstier?

Er beugt leicht das Standbein.

- Die Biene.

Sie schaut in sein Gesicht.

- Warum?

Pong fährt sich über das Kinn.

- Sie gibt Honig.

Bell legt den Finger auf den Mund.

- Ich höre eine Biene.

Ingrid sieht die Flügel glänzen.

- Laufen wir ihr nach!

Linn springt wie ein Gummiball.

- Vielleicht fliegt sie zum Hochzeitsberg.

Alena schürzt das Kleid.

- Rennst du gut im Frack?

Pong schwingt mit den Armen wie ein Schmetterling mit den Flügeln.

- Ja, er ist äußerst bequem.

Huch schaut über die Schulter zurück.

Eine Frau wandelt durch die Wiese und bringt einen Gitarrenkoffer.

- Hallo, ich bin Ela Macke.

Sie trägt ein Cocktailkleid.

- Darf ich die Gitarre versorgen?

Huch senkt den Kopf.

- Hoffentlich fühlt sie sich nicht eingesperrt.

Ela öffnet den Koffer.

- Da habe ich keine Bedenken.

Sie legt die Gitarre hinein.

- Der Koffer schont sie.

Ein Mann wandert durchs Gras.

- Hallo, ich bin Vincent Wing.

Er trägt ein Flanellhemd.

- Darf ich die Gitarre haben?

Ela schließt den Koffer.

- Selbstverständlich! Hast du sonst noch einen Wunsch?

Wing hält die Beine eng zusammen.

- Ja, ich hätte gerne noch etwas: ein Taschentuch.

Eine Frau trippelt mit winzigen, aber sicheren Schritten.

- Hallo, ich bin Kimberly Dedekind.

Sie trägt ein Dirndl und bringt ein azurblaues Taschentuch.

- Es ist ein Leichtes, ein Taschentuch zu tragen.

Alena stellt die Brust vor und macht einen Hohlrücken.

- Für mich muss es auf jeden Fall blau sein.

Bell dreht den Oberkörper.

- Wenn es Flügel hätte, könnte es fliegen.

Das Taschentuch pfeift, spreizt die Flügel und flattert davon.

Eine Rose für den Riesen

Wimpel und Fähnchen schmücken die Gasse.
Sie ist so schmal, dass Huch links und rechts die Mauern
berühren kann.
Ein Raumschiff gleitet herab, verdunkelt das Licht.
Eine Frau kommt mit trippelndem Gang.

- Hallo, ich bin Heike Joschka.

Sie trägt ein elegantes Kleid.
- Zusammen staunen verbindet.
Huch steht auf dem linken Bein.
- Das könnte sein. Worüber staunst du?
Heike zeigt aufs Raumschiff.
- Es schwebt genau über uns.
Er winkelt die Arme an.
- Für eine Landung ist die Gasse zu schmal.
Sie streichelt ihm über den Unterarm.
- Nebenan gibt es einen weiten Platz. Da sehen wir mehr.
Huch tritt aus der Gasse.
- Wir könnten den Außerirdischen begrüßen.
Um den Platz liegt ein Geflecht aus kleinen Gassen.
Das Raumschiff landet.
Ein Mann öffnet die Luke.

- Hallo, ich bin Fabian Carl.

Er trägt eine Jacke.

- Wisst ihr, wie man strickt?

Heike schiebt die Fersen zusammen.

- Denkst du an Wolle? Wie man zum Beispiel Socken strickt?

Carl klettert aus dem Raumschiff.

- Ja! Was braucht man dazu?

Sie fragt Huch.

- Hast du Stricknadeln?

Eine Frau kommt mit großen Schritten.

- Hallo, ich bin Zoe Uller.

Sie trägt eine Federboa und bringt Nadeln.

- Interessiert sich jemand fürs Stricken?

Carl reckt das Kinn energisch.

- Ich! Mich nimmt wunder, was aus Wolle entsteht.

Heikes Blick ruht auf Huch.

- Hast du ein Knäuel?

Ein Mann bewegt sich ruhigen Schrittes.

- Hallo, ich bin Raul Fehr.

Er trägt eine Kappe und bringt Wolle.

- Wer richtig entspannen will, sollte stricken.

Heike nimmt ihm das Knäuel ab.

- Wolle und Nadel sind seit Ewigkeiten ein Paar.

Carl hebt die offenen Hände auf Brusthöhe.

- Obwohl man sie sicher auseinanderhalten kann.

Zoe schaut ihm direkt ins Gesicht.

- Kommst du aus dem Raumschiff?

Er verlagert sein Gewicht von einem Fuß auf den anderen.

- Ja! Ihr habt auf der Erde viel Platz zum Entspannen und Erkunden.

Fehr lächelt strahlend.

- Und jetzt willst du das Stricken erforschen?

Carl zieht beide Augenbrauen nach oben.

- Ja! Es ist schon faszinierend, was man alles auf der Erde macht.

Heike lässt sich die Stricknadeln geben.

- Ich schlage die ersten Maschen an. Dann übernimmst du.

Er massiert sich die Schläfe.

- In diesem Zusammenhang wäre auch zu klären, welche Nadel zuerst.

Ein breites Lächeln huscht über Zoes Gesicht.

- Nimm einfach in jede Hand eine Nadel!

Fehr biegt die Finger nacheinander ein.

- Sei mutig! Wage etwas!

Heike tritt zu ihm.

- Lege nun die Nadel zwischen Daumen und Mittelfinger!

Bei der Übergabe fallen die Maschen.

Carl betrachtet die Wolle am Boden.

- Sie sieht wie Telefonkritzeleien aus.

Die wirren Linien werden zu einem Frauengesicht.

- Hallo, ich bin Kirstin Achtenhagen.

Augen, Nase, Mund bestehen aus Garn.

- Ich spüre mich selbst.

Zoe klappt die Augen auf.

- Können wir etwas für dich tun?

Kirstin zieht die Oberlippe ein.

- Ich brauche zu meinem Wohle mehr Wolle.

Fehr tippt Carl auf die Schulter.

- Du musst Garn abhaspeln und alle Maschen fallen lassen.

Carl fummelt an der Wolle.

- Kannst du deinen Kopf bewegen?

Kirstin erhält Hals, Rumpf, Arme und Beine.

- Mehr als nur den Kopf!

Heike hilft ihr beim Aufstehen.

- Du hast die einmalige Chance, aus Wolle ein Mensch zu werden.

Kirstin wagt ein paar Schritte.

- Danke! Ich habe eine Frage.

Carl beugt sich zu ihr.

- Nur zu! Uns kannst du alles fragen.

Sie reckt das Kinn vor.

- Was macht ein gelungenes Lächeln aus?

Um Zoes Mund deutet sich ein kleines Schmunzeln an.

- Es steckt an.

Fehr hat Lachfältchen in den Augenwinkeln.

- Die Gesichter erhellen sich.

Heike richtet den Blick auf Kirstin.

- Du bist eine hübsche Frau geworden.

Sie wackelt mit den Hüften.

- Danke! Allerdings bestehe ich aus Garn, kann jederzeit schrumpfen.

Carl schmunzelt mit scharf gezeichneten Mundwinkeln.

- Möchtest du schauspielern?

Kirstin stellt sich breitbeinig auf.

- Ja, ich wäre gern eine Feuerwehrfrau.

Zoe fragt Huch.

- Hast du Feuer?

Ein Mann durchquert den Platz mit schnellen Schritten.

                              - Hallo, ich bin Pepe Wang.

Er trägt eine Livree und bringt eine Schachtel.

- Darf ich ein Streichholz anzünden?

Fehr trippelt hinter ihm her.

- Nicht richtig! Du tust nur dergleichen.

Kirstin zeichnet Bahnen durch die Luft.

- Du streichst über die Reibefläche, ohne sie zu berühren.

Wang klaubt ein Streichholz aus der Schachtel.

- Soll ich das Geräusch imitieren?

Heike dehnt ihre Arme.

- Ja, versuche, dich ins Streichholz hineinzuversetzen.

Carl trommelt sich auf die Oberschenkel.

- Wie es entflammt, zischt und faucht.

Zoe rollt die Zunge mit halboffenem Mund.

- Pass aber auf, dass du nicht in eine Stresssituation kommst.

Fehr streift eine Haarsträhne aus dem Gesicht.

- Es ist ja Theater.

Kirstin reibt sich an der Nase.

- Und nicht traurig sein! Ich lösche das Streichholz.

Wang spielt mit dem Streichholz, zischelt.

- Braucht es noch schmückendes Beiwerk?

Sie bläht die Backen auf, bläst.

- Nicht nötig! Ich lösche das Feuer.

Heike grätscht die Beine.

- Ich finde es wichtig, dass die Feuerwehrfrau schnell ist.

Carl krault sich an der Schulter.

- Das ist gefühlte Sicherheit.

Zoe heftet die Augen aufs Streichholz.

- Hauptsache aber: Der Brand ist gelöscht.

Fehr hebt leicht die Nase.

- Hast du noch einen Wunsch?

Kirstin schlägt die Lider nieder.

- Ich würde gern einen Riesen sehen.

Wang fragt Huch.

- Lebt einer in der Nähe?

Eine Frau trifft ein.

                                    - Hallo, ich bin Marika Etter.

Sie ist ganz in Leinenweiß gekleidet.

- Ich begleite euch zum Riesen.

Heike tippt in der Luft herum.

- Wo lebt der Riese?

Marika bewegt sich vorwärts.

- In einer Höhle. Dort fühlt er sich am wohlsten.

Carl gibt sich gelassen.

- Wie groß ist er?

Ihre Augen strahlen.

- Wie ein Baum.

Zoe folgt Marika.

- Wir könnten ihm eine Rose schenken.

Fehr fragt Huch.

- Hast du eine Rose?

Ein Mann springt aus einer Gasse hervor.

- Hallo, ich bin Otis Ilg.

Er trägt einen Matrosenhut und bringt eine Rose.

- Ist euer Team am Wachsen oder am Schrumpfen?

Kirstin streckt die Arme aus.

- Wir wachsen. Miteinander zu gehen, ist ein besonderes Vergnügen.

Wang reckt den Kopf.

- Darum gewinnen wir immer mehr Mitglieder.

Marika begrüßt ihn kernig mit Handschlag.

- Du bist auch willkommen.

Ilg sieht sie erwartungsvoll an.

- Danke! Ich träume von einem Leben im Team.

Das Sofa beim Waldstein

Spitzen

Ein Hang stürzt sich talwärts.
Huch steigt auf den dicht bewaldeten Berg.
Über den Kamm drückt eine lichtweiße Wolke.
Eine Frau geht auf dem Felsweg.

- Hallo, ich bin Leila Yaman.

Sie trägt ein Halstuch.
- In meinem Kalender steht eine Hochzeit.
Huch lehnt zurück.
- Wer heiratet denn?
Leila blickt ihn freundlich an.
- Ich schaue mich um.
Ein Mann schlendert heran.

- Hallo, ich bin Giorgio Quick.

Er trägt einen Pullover.
- Vielleicht fällt ein Geschenk vom Himmel.
Leila atmet tief ein.
- Das scheinst du geradezu instinktiv zu spüren.
Quick öffnet die Hand.
- Ich habe meine eigene Philosophie.
Ein goldener Ring landet darin.
- Passt er?

95

Sie streckt den Ringfinger.

- Das ist einer der Momente, der das Leben komplett verändert.

Er steckt ihr den Ring an.

- Wir sind ein starkes Team.

Leila lächelt stolz.

- Der Ring ist ein Unikat.

Quick hört ein Geräusch, fährt herum.

- Ich sehe ein Reh.

Sie tupft seine Schulter an.

- Mich nimmt wunder, wohin es geht.

Er stellt ein Bein vor das andere.

- Wir laufen ihm nach.

Leila bewegt sich in kleinen Schritten vorwärts.

- Langsam! Ich möchte es nicht verscheuchen.

Quick legt die Hände mit gespreizten Fingern auf die Hüfte.

- Wir folgen ihm mit großem Abstand.

Sie leckt über eine Lippe.

- Es soll sich in seinem eigenen Körper wohlfühlen.

Er lässt die großen Hände hängen.

- Und außerdem: Wir wollen kein Teammitglied verlieren.

Leila tippt Huch mit der Fingerspitze an.

- Damit bist du gemeint.

Das Reh läuft auf dem Felsweg in den Wald.

Unter den Bäumen steht ein riesiger blitzblauer Frosch hinter einem Steinway.

Es trabt an ihm vorbei.

Quick bleibt stehen.

- Er zieht den Blick auf sich.

Eine Frau tritt hinter dem Frosch hervor.

- Hallo, ich bin Dina Steinbach.

Sie trägt eine Tigerstreifenjacke.
- Der Frosch hat euch angelockt.
Leila zögert einen Atemzug lang.
- Eigentlich sind wir nur dem Reh gefolgt.
Quicks Augen beginnen zu leuchten.
- Gibt es ein Bild vom Frosch?
Dina kehrt den Handteller nach oben.
- Schon bald! Ihr müsst es nur malen.
Der riesige Frosch schiebt den Steinway aus dem Wald.
Sie klappt den Deckel auf.
- Ein Konzertflügel bietet viel Platz für Papier.
Leila schielt mit halbem Auge nach Huch.
- Holst du ein Blatt heraus?
Ein Mann kommt mit schlurfendem Gang.

- Hallo, ich bin Viktor Bang.

Er trägt ein Rabenkostüm.
- Das Papier liegt auf einem Haufen.
Dina beugt sich über den Korpus.
- Beim Herausnehmen ist Vorsicht geboten.
Quick zieht die Schultern ein.
- Zum Glück wisst ihr Bescheid. Ich habe null Erfahrung.
Bang klaubt ein Blatt heraus.
- Malt ihr mit Kreide oder mit Farbstift?
Leila haucht Huch einen Kuss zu.

- Was wählst du?

Eine Frau verlässt den Wald.

- Hallo, ich bin Nada Tini.

Sie trägt ein ärmelloses Kleid und bringt einen Geigen-koffer.

- Meine Farbstifte passen in keine Schublade.

Quick zeichnet mit der ausgestreckten Hand Kurven in die Luft.

- Farbstifte im Geigenkoffer sieht man nicht alle Tage.

Dina nickt beim Anblick.

- Sicher lässt er sich mit wenigen Handgriffen öffnen.

Bang schiebt die rechte Schulter vor.

- Dann können wir uns die Überraschung ansehen.

Nada klappt den Koffer auf.

- Schaut vor allem die Geige an!

Sie nimmt sie heraus, dreht sie um.

- In den Boden ist eine Tür eingelassen.

Leila guckt neugierig hinter dem Haar hervor.

- Warum?

Nada macht die Tür auf.

- Weil es einfacher ist, die Geige zu öffnen.

Quick lacht schallend.

- Wie sich herausstellt, sind Farbstifte in ihrem Bauch.

Dina breitet die Arme aus.

- Das ist der einzige Ort, wo sie sicher sind.

Bang scharrt mit den Füßen.

- Dürfen wir sie berühren?

Nada hält Huch die Geige hin.

- Aber sicher! Wähl dir einen Stift aus!

Ein Junge aus Holz kreuzt auf.

- Hallo, ich bin Pinocchio.

Er trägt einen Hut mit einer Feder im Hutband.

- Für einen Farbstift aus der Geige würde ich einmal um die Welt laufen.

Nadas Mundwinkel zucken verschmitzt.

- Das ist nicht nötig. Sie liegen vor dir. Greif zu!

Pinocchio neigt den Kopf leicht zur Seite.

- Welchen soll ich nehmen?

Leila klemmt die Haare hinters Ohr.

- Wir möchten den Frosch malen.

Quick streift sich die Fransen aus der Stirn.

- Darum empfehlen wir dir selbstverständlich den blitz-blauen.

Pinocchio verlagert sein Gewicht von einem Fuß auf den anderen.

- Ich bin unfähig, das Wort „selbstverständlich" zu verste-hen.

Dina macht ausladenden Handbewegungen.

- Wer das verstehen will, kann ein Leben damit zubringen.

Bang reißt den Arm hoch.

- Daher ist es einfacher, du nimmst den blitzblauen Farb-stift.

Nada legt ihm die Hand auf die Schulter.

- Kannst du dir vorstellen, damit zu zeichnen?

Pinocchio klaubt den Stift aus der Geige.

- Sicher! Ein riesen Kompliment an euch! Ihr helft mir.

Leila holt durch den Mund Luft.

- Wir wollen, dass du Spaß hast.

Quicks Körper fängt an zu wippen.

- Viele sagen, Malen sei das Gegenteil von Spiel.

Dina fällt eine Haarsträhne übers Auge.

- In der Folge klagen sie über Stress.

Bang legt das Blatt auf den Felsweg.

- Dabei ist Malen wie Hüpfen auf einem Bein.

Nada richtet sich auf.

- Oder über einen Stein springen.

Pinocchio versucht einen Strich, hält inne.

- Mag sein, aber der Farbstift streikt.

Leila fragt Huch.

- Woran liegt es?

Eine Frau dreht beim Spaziergang kokett den Sonnen-schirm.

- Hallo, ich bin Wanda Jaschke.

Sie trägt ein Baumwollkleid.

- Ich kümmere mich darum.

Pinocchio überlässt ihr den Stift.

- Man müsste dir dafür ein Denkmal setzen.

Wanda gibt ihm den Sonnenschirm zum Halten.

- Sicher nicht! Wir wollen uns lieber austauschen und ken-nenlernen.

Sie betrachtet den Spitz.

- Dass Farbstifte stumpf werden, ist normal.

Leila blickt Huch an.

- Hast du einen Spitzer?

Ein Mann durchstreift schnellen Schritts den Hang.

- Hallo, ich bin Mio Kamp.

Er trägt eine Schirmmütze und bringt einen Spitzer.
- Drängt ihr auf rasches Handeln?
Quick pustet kurz.
- Es wurmt uns schon ein wenig, dass der Farbstift streikt.
Dina faltet die Hände vor dem Bauch.
- Also, wenn du ihn in überschaubarer Zeit spitzest, sind wir froh.
Bang spreizt die Beine.
- Aber drängen würden wir dich nie.
Nada hebt die Ferse.
- Das erzeugt Stress.
Pinocchio legt die Hand ans Ohr.
- Schadet Stress dem Farbstift?
Wanda tänzelt beschwingt um Kamp.
- Wie siehst du das?
Er tippt auf die Mine.
- Wer langsam spitzt, hat oft bessere Chancen.

Der Kleegarten

Eine steile Felswand aus Kalkstein ragt auf.
Huch kraxelt den Weg hinauf.
Eine Frau tippelt eine Treppe hoch.

- Hallo, ich bin Ina Cabell.

Sie trägt ein Glitzerkleid.
- Würdest du das gern sehen?
Er balanciert auf den Fußballen.
- Was denn?
Ina strafft das Kinn.
- Auf dem Berg steigen Seifenblasen empor.
Ein Mann trudelt ein.

- Hallo, ich bin Ole Rack.

Er trägt ein Piratenkostüm.
- Ich möchte mit den Seifenblasen tanzen.
Sie dreht das Handgelenk.
- Dann bist du bei uns richtig. Begleite uns!
Kehre um Kehre führt der Weg in die Seifenblasen.
Das Licht bricht sich auf den schillernden Oberflächen.
Racks Augen leuchten.
- Ich gerate total aus dem Häuschen.
Auf einem Felsvorsprung sitzt ein schneeweißer Tiger.

103

Ein Pinguin taucht den Seifenblasenstab in die Lösung.

Der Tiger bläst.

Ina betrachtet die Tiere neugierig.

- Es läuft ihnen wie von Zauberhand.

Rack hüpft um die Seifenblasen.

- Sie schimmern in allen denkbaren Farben.

Ina legt ihren Kopf an Huchs Schulter.

- Weißt du, was mir zu meinem Glück fehlt?

Eine Frau springt auf den Felsvorsprung.

- Hallo, ich bin Fanja Hamamatsu.

Sie trägt ein knisterndes Papierkleid.

- Du brauchst ein vierblättriges Kleeblatt.

Ina senkt die Lider.

- Genau das schwebt mir vor.

Rack sperrt die Augen auf.

- Der Pfad ist gesäumt von Klee.

Fanja räkelt sich wie eine Raubkatze.

- Auf den ersten Blick sehen alle vierblättrig aus.

Ina deutet auf einen Klee.

- Er begnügt sich mit 3 Blättern.

Rack beugt sich über eine andere Pflanze.

- Leider hat auch dieses Kleeblatt keine 4 Blätter.

Fanja wendet sich an Huch.

- Hast du etwas gefunden?

Ein Mann schreitet rascher aus.

- Hallo, ich bin Zadok Ulm.

Er trägt ein Rattenkostüm.

- Ich habe vierblättrigen Klee gesammelt.

Ina hält sich den Ellbogen.

- Und du willst wirklich mit uns teilen?

Ein stolzes Lächeln huscht über sein Gesicht.

- Wenn wir wollt! Es bleibt jedem selbst überlassen.

Rack neigt den Kopf leicht gegen die linke Schulter.

- Menschen mit Glücksklee wirken oft generös.

Fanjas Augen schimmern.

- Das hätte ich mir in meinen kühnsten Träumen nicht vorzustellen getraut.

Ulm winkt.

- Kommt mit! Ich zeige euch mein Angebot.

Der Pfad ist steinig.

Ein Kreis aus vanilleweiß bemalten Stühlen steht auf dem
Berg.

Jede Stuhlfläche ziert ein kleiner Topf mit einem vierblättrigen Klee.

Ulm flattert mit den Armen.

- Setzt euch!

Ina blickt ratlos auf den Stuhl.

- Und was ist mit dem Topf?

Er hält den Rücken aufrecht.

- Nehmt ihn in die Hand!

Rack nimmt Platz.

- Dürfen wir uns etwas wünschen?

Ulm krümmt Daumen und Zeigefinger zu einem Kreis.

- Selbstverständlich! So ist es gedacht.

Fanja setzt sich.

- Dürfen wir uns auch etwas Verrücktes wünschen?

Ulm beugt den Oberkörper vor.

- Ich warte darauf.

Ina drückt die Oberschenkel zusammen.

- Ich würde mich gern als Katze verkleiden.

Rack grätscht die Waden nach außen.

- Wir können uns gut in dich hineinversetzen.

Fanja sitzt locker auf der Stuhlkante.

- Das hilft uns, deinen Wunsch zu verstehen.

Ulm pufft Huch leicht an die Schulter.

- Hast du ein Katzenkostüm?

Eine Frau hüpft auf den Berg.

                              - Hallo, ich bin Elaine Addison.

Sie trägt eine Blumenkrone und bringt ein Katzenkostüm.

- Ist es spannend, ein Glitzerkleid zu tragen?

Ina schlüpft aus ihrem Kleid, überlässt es ihr.

- Finde es selber heraus!

Elaine gibt ihr im Gegenzug das Katzenkostüm.

- Danke! Und du wirst dich sogleich wie eine Katze fühlen.

Sie atmet ruhig ein.

- Neue Kleider erzeugen Gänsehaut.

Rack verzieht das Gesicht zu einem Lächeln.

- Bereits nach wenigen Augenblicken.

Fanja kneift die Augen zusammen.

- Die Sonne bietet die bestmögliche Beleuchtung.

Ulm reckt die Finger wie Antennen empor.

- Mehr braucht es gar nicht für einen perfekten Look.

Elaine zieht das Glitzerkleid an.

- Ich nehme alle Kleider, die mir zur Hand kommen.

Ina streckt sich behaglich.

- Das Katzenkostüm reibt nicht, kratzt nicht.

Rack drückt sein Rückgrat durch.

- Darf ich meinen Wunsch auch sagen?

Fanja kräuselt die Oberlippe nach oben.

- Wir bitten dich darum.

Ulm umfasst das Kinn mit der Hand.

- Dafür hast du den Glücksklee.

Elaine beobachtet ihn aufmerksam.

- Was möchtest du werden?

Rack spitzt die Lippen.

- Ich würde mich gern in einen Storch verwandeln.

Ina fragt Huch.

- Siehst du ein Problem?

Ein Mann zuckelt gemächlich auf den Berg.

- Hallo, ich bin Laurenz Gluck.

Er trägt einen Schlafanzug, bringt einen Fragebogen und einen Bleistift.

- Keine Angst! Es steht nur eine Frage darauf.

Rack liest.

- Möchtest du ein Storch sein?

Gluck rollt die Zehen ein und aus.

- Du siehst 2 Felder.

Fanja schielt auf den Bogen.

- Kreuze das zutreffende Wort an! Ja oder Nein.

Ulm öffnet leicht den Mund.

- Entscheide dich in aller Ruhe.

Elaine strahlt ihn an.

- Möchtest du aufstehen und den Klee auf den Stuhl stellen?

Gluck gibt ihm den Fragebogen.

- Welches Feld wählst du?

Rack erhebt sich.

- Ich werde das Ja ankreuzen.

Gluck reicht ihm den Bleistift.

- Das spricht für dich.

Ina wackelt mit den Händen.

- Es sind ja nur 2 Striche.

Rack malt ein Kreuz ins obere Feld.

- Was geschieht jetzt?

Er bekommt Federn, Flügel und einen langen Schnabel.

- Hält ihr mich für einen Storch?

Fanja wirft die Haare über die Schulter.

- Es gibt Störche und Menschen.

Ulm kneift die Augen zusammen.

- Dazwischen gibt es nicht viel.

Gluck steht breitbeinig.

- Dann ist es eindeutig. Du bist jetzt ein Storch.

Ina spricht mit aufmunternder Miene.

- Schlage die Flügel in einem regelmäßigen Rhythmus!

Rack hüpft 2 Schritte, hebt ab.

- Los geht's mit Fliegen!

Es verschlägt Fanja den Atem.

- Er gewinnt zusehends Höhe.

Ulms Blick gleitet nach oben.

- Erst über dem Horizont, dann ein Stückchen höher!

Elaine schüttelt kaum merklich den Kopf.

- Gutes Flugwetter hat er ausgesucht.

Gluck dreht Pirouetten.

- Keine Wolke trübt das Blau.

Ina sieht zu, wie der Schatten des Storchs über die Berg-flanke zieht.

- Was für ein Abenteuer!

Fanja senkt den Blick.

- Was machen wir mit unserem Glücksklee?

Ulm reibt erfrischt die Augen.

- Ich habe den Weg gut markiert.

Elaine gibt sich einen Ruck.

- Schautafeln am Rand weisen auf einen Kleegarten.

Das unentdeckte Bild

Eine Hängebrücke führt über den Fluss.
Huch schaut mal rechts, mal links aufs glitzernde Wasser.
Eine Frau schwebt in einer regenbogenfarbenen Seifen-
blase.

- Hallo, ich bin Quillaja Sonnenschein.

Sie trägt einen Overall.
- Hast du viele Freunde?
Ein Mann überquert die Brücke im Geschwindschritt.

- Hallo, ich bin Thore Jun.

Er trägt einen Trainingsanzug.
- Darf ich euer Freund sein?
Quillaja wippt mit den Fußspitzen.
- Ja, ist gut!
Jun spricht leise und überlegt.
- Wir sollten uns kennenlernen.
Sie sieht ihm direkt in die Augen.
- Unbedingt! Was steht zuoberst auf deiner Wunschliste?
Er bewegt sich mit wiegenden Schultern.
- Ich würde gern malen.
Quillaja öffnet leicht die Lippen.
- Auf Papier oder Leinwand?

Jun verschränkt die Arme hinter dem Rücken.

- Ich möchte ein großes Blatt.

Sie dreht den Kopf zu Huch.

- Hast du Papier?

Eine Frau rennt wie entfesselt den Fluss entlang.

- Hallo, ich bin Daphne Nachtigall.

Sie trägt ein Prinzessinnenkostüm.

- Soll ich einen Reiher rufen?

Quillaja blinzelt mit den Augen.

- Lockst du ihn mit einer Flöte an?

Daphne leckt sich die Oberlippe.

- Nein! Ich verlasse mich auf meine Stimme.

Jun hebt das Kinn.

- Du hast eine fantastische Stimme.

Daphne verbeugt sich knapp.

- Danke! Erschreckt bitte nicht oder haltet die Ohren zu.

Sie schreit lauthals.

- Reiher!

Der Vogel segelt auf das Ufer zu, landet, öffnet den Schnabel.

Ein zusammengerolltes Blatt fällt auf die Wiese.

Quillaja lächelt, hält sich die Hand vor den Mund.

- Er kennt keine Furcht.

Jun hebt das Papier auf.

- Wieso sollte er?

Daphne lässt die Arme baumeln.

- Wir sind Freunde.

Der Reiher stelzt 2, 3 Schritte, hebt die Flügel, fliegt über den Fluss.

Quillajas Blick schweift zu Jun.

- Was malst du?

Er dreht sich mit ausgestrecktem Blatt langsam um die eigene Achse.

- Wirkungsvoll wäre ein Farbtupfer.

Daphne lächelt Huch breit an.

- Hast du ein Gefäß?

Er neigt den Kopf zur Seite.

- Wozu soll es dienen?

Sie streicht das Haar zurück.

- Wir möchten Farbe hineingießen.

Ein Mann kommt auf sie zu.

- Hallo, ich bin Paulo Wong.

Er trägt einen Wollschal.

- Auf dem Weg liegt ein Teppich.

Quillaja spielt mit ihren Haaren.

- Führst du uns hin?

Wong setzt einen Fuß vor den anderen.

- Das mache ich gern.

Ein schmaler Pfad schlängelt sich zu einem mistelgrünen Teppich.

Jun beugt den Oberkörper nach vorne.

- Etwas verbirgt sich darunter.

Daphne kniet nieder.

- Ich rolle ihn ein.

Eine Schale kommt zum Vorschein.

Wong hebt sie auf, reicht sie Huch.

- Du scheinst, indem du nichts tust, alles zu bekommen.
Quillaja richtet den Blick auf ihn.
- Fülle sie bitte mit Farbe!
Eine Frau prägt dem staubigen Weg Fußabdrücke ein.

- Hallo, ich bin Beatrix Menke.

Sie trägt eine Robe.
- Von einem Ast hängt ein großes, mohnrotes Stoffkrokodil.
Jun hält sich die gekrümmten Finger als Fernglas vor die Augen.
- Was mir auffällt, ist der Pinsel in seinem Maul.
Daphne hebt den Blick.
- Er ist verführerisch. Leider hängt er zu hoch.
Wong fragt Quillaja.
- Bist du zu allem entschlossen?
Sie berührt ihn leicht an der Hüfte.
- Ja! Soll ich hochspringen?
Beatrix empfiehlt.
- Und die Arme ganz ausstrecken!
Jun streicht mit dem Finger über die Wange.
- Wenn das reicht!
Daphnes Fersen zeigen leicht nach innen.
- Gleich gibt es Akrobatik zu bestaunen.
Wong zieht die Lippen zurück.
- Eine Jagd auf den Pinsel, die ziemlich anspruchsvoll wirkt.
Beatrix hebt den Ellbogen.
- Die Motivation ist ohne Frage riesig.

114

Quillaja schnellt in die Höhe, schnappt den Pinsel.

- Es ist mir ein völliges Rätsel, wie ich das geschafft habe.

Jun reckt den Daumen in die Höhe.

- Wir bewundern dich.

Daphne atmet tief durch.

- Man hat immer 2 Möglichkeiten.

Wong lässt die Arme schwingen.

- Man kommt groß raus oder gut rum.

Beatrix zeichnet mit der Zehe einen Kreis.

- Du hast beides aufs Mal erreicht.

Ein Mann rutscht einen Hang hinunter.

- Hallo, ich bin Yves Epp.

Er trägt Flügel am Rücken.

- In der Nähe hat es eine Straße.

Quillaja spielt mit dem Pinsel.

- Hoffentlich ist sie nicht allzu weit weg.

Jun setzt ein nachdenkliches Gesicht auf.

- Und möglichst nicht zu groß.

Epp winkt energisch.

- Nein, sie ist sehenswert. Kommt mit!

Der Weg geht sanft bergauf, mündet in eine Straße.

Daphne bleibt stehen.

- Ich bin unschlüssig, welche Richtung wir einschlagen sollen.

Wong sieht eine alte Zapfsäule.

- Sie wartet auf uns.

Beatrix tritt näher.

- Manchmal lohnt ein Blick auf die Anzeige.

Epp nimmt den Zapfhahn aus der Halterung.

- Unbedingt! Hier gibt es gelbe Farbe.

Quillaja liest den Namen.

- Sie heißt Sonnengelb.

Jun wippt von einem Bein aufs andere.

- Nichts schmeichelt dem Auge so wie dieses Gelb.

Daphne neigt den Kopf.

- Es ist das i-Tüpfelchen des Bilds!

Wongs Blick wandert zu Huch.

- Bring bitte die Schale!

Beatrix öffnet die Beine eine Spur breiter.

- Halte sie unter den Hahn!

Epp nimmt Huch die Schale ab, füllt sie.

- Wo hat man schon die Möglichkeit, Farbe anzuzapfen!

Quillaja gibt Huch den Pinsel.

- Ganz ehrlich, wen reizt es nicht, sie auszuprobieren!

Jun breitet das Papier auf der Straße aus.

- Was ist der erste Eindruck, den man von einem leeren Blatt erhält?

Daphne fixiert die Ecken mit Steinen.

- Zuerst tauchen Bilder auf, die seit langem im Gedächtnis hausen.

Wong schickt ein Lächeln zu Huch.

- Mit Gelb bist du da gut bedient.

Beatrix spitzt die Lippen.

- Es ist eine heitere warme Farbe.

Epp legt die Schale neben das Blatt.

- Sie übertrifft alles.

Huch taucht den Pinsel in die Farbe.

- Soll ich einen Tupfer machen?

Aufregung funkelt in Quillajas Augenpaar.

- Ja! Bei uns steht momentan alles im Zeichen der Tupfer.

Jun faltet die Hände hinter dem Kopf.

- Ein einzelner reicht schon aus.

Huch tupft Farbe aufs Blatt.

- Wem darf ich den Pinsel weitergeben?

Daphne senkt die Wimpern.

- Behalte ihn! Du bist unser bester Freund.

Eine Frau rennt, winkt ausgelassen mit den Armen.

- Hallo, ich bin Zana Lombardier.

Sie trägt einen Schal.

- Ist das Bild noch unentdeckt?

Wong schiebt die Unterlippe vor.

- Es ist nicht leicht, etwas zu entdecken.

Beatrix schenkt ihm einen Augenaufschlag.

- Aber gemeinsam gelingt es.

117

Der erste Blick

Das glasklare Wasser umspült den kalkweißen Pudersand.
Steine und Muscheln knirschen unter Huchs Sohlen.
Eine Frau eilt im tänzelnden Laufschritt.

> - Hallo, ich bin Valerie Yildiz.

Sie trägt Sandalen.
- Was machst du am Strand?
Huch stellt den rechten Fuß vor den linken.
- Ich erkunde das Ufer.
Valerie schiebt leicht die Hüfte vor.
- Du hörst die Wellen rauschen, fühlst dich geborgen.
Ein Mann lässt die Schritte langsamer werden.

> - Hallo, ich bin Kasimir Ulf.

Er trägt einen Bademantel.
- Wollen wir ein Team formieren?
Ihre Augen leuchten.
- Ja, man bringt im Team alles zustande.
Ulf schaut Huch fragend an.
- Was nehmen wir uns vor?
Eine Frau folgt dem Uferweg.

> - Hallo, ich bin Olga Ganna.

Sie trägt einen Tellerhut.

- Wir malen eine Blume.

Valerie dreht sich um sich selbst.

- Wo?

Ulf streckt die Handflächen nach außen.

- An die Vorderseite eines Hauses.

Olga federt den schmalen Trampelpfad voran.

- Dann kommt mit mir!

Die Serpentine schlängelt sich langsam zu einem Jugend-
stilhaus.

Valerie findet einen halben Fußball.

- Was fangen wir damit an?

Ulf schenkt Huch einen Blick.

- Hast du eine Idee?

Ein Mann flaniert ums Haus.

- Hallo, ich bin Ingo Veit.

Er trägt eine Clownsnase.

- Ich würde Farbe in den Ball schütten.

Olga beugt den Oberkörper zu Huch.

- Woher nehmen wir sie?

Eine Frau geht ein paar Schritte, bleibt stehen.

- Hallo, ich bin Felicia Rauschenberg.

Sie trägt ein Abendkleid.

- Im Garten steht ein Birnbaum.

Valerie folgt ihrem Wink.

- Ich finde es immer wieder interessant, Bäume anzuschauen.

Eine Gitarre lehnt am Stamm.

Ulf neigt den Kopf.

- Ich höre gern Musik.

Olga nimmt die Gitarre in die Hand.

- Sie ist bis zum Schallloch mit Farbe gefüllt.

Veit bringt den halben Fußball.

- Gieße sie hinein!

Felicia zieht beim Lächeln die Mundwinkel nach oben.

- Ich freue mich. Erstmals wird sie gebraucht.

Valerie drückt ihr Kreuz durch.

- Sie kommt wie gerufen.

Ulf schnappt nach Luft.

- Schau, dass nichts danebengeht!

Olga kippt die Gitarre.

- Ich gehe achtsam vor.

Veit hält den Ball hin.

- Lavendellila ist meine Lieblingsfarbe.

Felicia guckt hinter den Baum.

- Ich sehe einen Sack.

Valerie klimpert mit den Wimpern.

- Hat er eine Nummer?

Ulf streicht mit dem Zeigefinger über die Oberlippe.

- Warum fragst du?

Sie spielt mit ihren Haaren.

- Nun, manchmal tragen Säcke Nummern.

Olga hebt den Sack auf.

- Nein, es steht nichts aufgedruckt.

Veit zieht die Nasenlöcher zusammen.

- Vielleicht enthält er etwas Wertvolles.

Felicia greift in den Sack.

- Alles nimmt eine unerwartete Wende!

Sie zieht einen Pinsel heraus.

- Das hätte ich mir in den wildesten Träumen nicht ausgemalt!

Valerie lacht zu Huch herüber.

- Damit kannst du das Malen stressfrei genießen.

Felicia wiegt den Pinsel

- Er liegt wirklich gut in der Hand.

Ulf wirft fröhliche Blicke auf Huch.

- Wir möchten, dass du ihn ausprobierst.

Olga berührt mit der Fußspitze Huchs Ferse.

- Du musst nicht unbedingt malen.

Veit bettet den halben Fußball in den Kies vor dem Haus.

- Es genügt schon, wenn du prüfst, wie er sich anfühlt.

Felicia gibt Huch den Pinsel.

- Du kannst ihn einmal in die Farbe tauchen.

Huch geht zum halben Fußball.

- Das feine Haar nimmt sicher viel Farbe auf.

Valerie stößt ihn in die Rippen.

- Gibt es eine Blume, die dich beeindruckt?

Er zieht einen langen Strich an die Fassade des Jugendstilhauses.

- Mich faszinieren alle.

Ulf fragt mit nach hinten geneigtem Kopf.

- Was hast du jetzt gemalt?

Huch rührt mit dem Pinsel in der Farbe.

- Den Stiel.

Olga fasst sich an den Hals.

- Ich kann das irgendwo gar nicht glauben.

Veit tritt vor die Wand.

- Mit einem Strich entsteht ein Stiel.

Felicia berührt Huch mit dem Finger am Handrücken.

- Es geht nicht nur darum, einen Stiel zu zeichnen.

Er malt einen riesigen Kreis.

- Das ist die Blüte.

Valerie formt mit runden Armen die Mondscheibe.

- Die größte Blume der Welt.

Ulf klatscht begeistert.

- Ich bin überwältigt.

Ein Lächeln erhellt Olgas Gesicht.

- Hast du vergessen, dass die Blume Blätter braucht?

Huch fügt links und rechts vom Stiel 2 Kreise an.

- Beinahe wäre das passiert.

Veit umfasst den Ellbogen des Gegenarms.

- Solche Anlaufschwierigkeiten gibt es immer, wenn man Blumen malt.

Felicia richtet die Augen auf Huch.

- Das muss dich nicht weiter bekümmern.

Valeries Oberlippe bebt fast unmerklich.

- Ich möchte ein Brautkleid.

Ein Mann wandert über den feinen Kies.

- Hallo, ich bin Harry Acht.

Er trägt Flipflops und bringt einen Rucksack.

- Wollt ihr nachschauen, was darin ist?

Ulfs Interesse ist erwacht.

- Ein Blick lohnt sich allenthalben.

Olga nimmt den Sack.

- Ich bringe allen Mut auf und öffne ihn.

Veit stellt sich ganz nah hinter sie.

- Etwas Neugier sei uns an dieser Stelle verziehen.

Felicia greift hinein.

- Ein Brautkleid!

Sie bietet es Valerie an.

- Gefällt es dir?

Acht faltet leicht die Stirn.

- Falls ja, hoffe ich, dass es dir passt.

Valerie schlüpft ins Kleid.

- Der Stoff ist fließend.

Ulf kommt aus dem Staunen nicht mehr heraus.

- Ich bin für kurze Zeit sprachlos.

Olga berührt ihre Schulter.

- Du siehst wie eine Prinzessin aus.

Veit fährt sich mit der Hand durchs Haar.

- Fühlst du dich wohl?

Valerie legt den Arm an den Körper.

- Überaus.

Felicia führt die Zunge zur Oberlippe.

- Das Kleid sitzt tadellos.

Acht nickt freundlich.

- Jetzt wirst du sicher den Mann fürs Leben finden.

Valerie schließt leicht die Augen.

- Ich hätte gern eine goldene Kugel.

Eine Frau geht den Weg entlang.

- Hallo, ich bin Carol Sanderbrink.

Sie trägt einen Ballettdress.

124

- Wollt ihr einen Brunnen sehen?

Ulfs Blick erhellt sich.

- Wer möchte das nicht!

Ein Pfad führt zum Wald, wo Quellwasser plätschert.

Auf dem Rand des Troges liegt eine goldene Kugel.

Carol gibt ein Handzeichen.

- Wenn ihr sie kitzelt, springt sie auf.

Olga schubst Huch nach vorn.

- Liebst du die Herausforderung?

Huch zuckt mit den Schultern.

- Das offenbart sich vielleicht nicht auf den ersten Blick.

Der korallenrote Lackschuh

Ein ganzes Stadtviertel ist vom Erdboden verschwunden.
Übrig blieben eine Rolltreppe und ein Postkartenständer.
Huch steht an der verwitterten Baustelle.
Eine Frau läuft die Straße runter.

- Hallo, ich bin Wendy Quienet.

Sie trägt einen korallenroten Lackschuh in der Hand.
- Ich vermisse einen Schuh.
Ein Mann bummelt mit schlenkernden Hüften.

- Hallo, ich bin Bill Zwack.

Er trägt Nietenhosen.
- Da vorn steht eine riesige Werbetafel.
Wendy legt eine Hand auf die Hüfte.
- Das tönt vielversprechend.
Zwack eilt voraus.
- So eine Tafel gibt es weltweit sicher kein zweites Mal.
Sie setzt einen Fuß vor den anderen.
- Es nimmt mich wunder, was darauf steht.
Er liest es vor.
- Korallenrot ist deine Lieblingsfarbe.
Wendy verharrt in der Betrachtung.
- Das hört sich nach einer guten Idee an.

Eine Frau rollt beim Gehen über den ganzen Fuß ab.

- Hallo, ich bin Debora Pani.

Sie trägt ein Tigerkostüm.
- Darf ich euch ein Regal zeigen?
Wendy tauscht einen Blick mit ihr aus.
- Ich mag die Art, wie du uns fragst.
Zwacks Stimme klingt locker.
- Da fällt es leicht, ja zu sagen.
Debora legt die Hand auf Huchs Schulter.
- Du wirst staunen, wenn du das Regal siehst.
Er neigt sich sanft nach links und nach rechts.
- Das wird womöglich unsere neue Leidenschaft.
Die breite Straße hört auf. Von nun an wird es schmaler und steiler. Am Rand steht ein Regal. Ein schwer zerblättertes Buch biegt das oberste Brett.
Wendy schiebt den kleinen Finger zwischen die Lippen.
- Vielleicht springt uns ein Satz an, den wir beherzigen sollten.
Zwack beugt sich über das Buch.
- Da steht: Sehe, erlebe und genieße den nächsten Wegweiser!
Deboras Blick tastet die Umgebung ab.
- Wenn ich einen Wunsch frei hätte, würde ich genau das wollen.
Wendy steigert das Tempo ihrer Schritte.
- Gehen wir weiter!
Zwack führt die Zunge zur Oberlippe.
- Früher oder später stoßen wir darauf.

An einem Pfahl hängt ein handgemalter Wegweiser.

Debora streckt die offenen Handflächen nach außen.

- Das würde ich als Wunder bezeichnen.

Wendy schiebt die Augenbrauen zusammen.

- Die Schrift ist kaum leserlich.

Zwack entziffert sie.

- Zur Glaskugel.

Deboras Blick wandert zu Huch.

- Was könnte damit gemeint sein?

Ein Mann läuft pfeifend daher.

- Hallo, ich bin Elio Jam.

Er trägt Joggingschuhe.

- Aller Wahrscheinlichkeit nach vermisst ihr eine Glaskugel.

Wendy klopft mit dem Finger auf ihren Lackschuh.

- In erster Linie einen Schuh.

Zwack hängt andächtig an ihren Lippen.

- Mit 2 Schuhen lässt sich nämlich wunderbar entspannt spazieren.

Debora balanciert auf einem Bein.

- Aber wenn du nur einen hast, gehst du fast besser barfuß.

Jam wendet sich in einer leichten Drehung des Oberkörpers Wendy zu.

- Willst du meine Schuhe?

Sie zieht die Unterlippe ein.

- Entschuldige, gerade bei Schuhen sind die Geschmäcker verschieden.

Er hüpft zu einer verrotteten Fabrikanlage.

- Ja dann führt kein Weg an der Glaskugel vorbei.

Wendy folgt ihm.

- Von selber wären wir kaum darauf gekommen.

Zwack streckt die Nase nach vorn.

- Aber das stand doch auf dem Wegweiser.

Debora berührt Huch an der Hand.

- Weißt du, wie Stress beginnt?

Er stockt, überlegt einen Moment.

- Wenn man zum Beispiel eine Hollywoodschaukel wünscht und keine da ist.

Jam dreht sich um.

- Bin ich zu schnell?

Wendy stellt die Unterlippe vor.

- Ich sehne eine Pause herbei.

Der Weg endet auf einem Schotterplatz vor einer Wellblechhütte.

Jam klopft an die Tür.

- Wir nehmen eine kleine Auszeit.

Das Dach rutscht nach hinten. Die Hütte klappt auseinander, gibt den Blick auf eine Hollywoodschaukel frei.

Zwack setzt sich.

- Danke! Du gehst gut auf uns ein.

Debora fläzt sich auf die Schaukel.

- Unser Hirn ist kreativer nach einer Pause.

Jam nimmt neben ihr Platz.

- Relaxen hilft immer.

Wendy räkelt sich wie eine Katze, ruft Huch zu.

- Setz dich zu uns! Die Schaukel ist noch lang nicht überfüllt.

Eine Frau durchschreitet den Schotterplatz mit festem, schnellem Schritt.

- Hallo, ich bin Naila Tete.

Sie trägt einen Bademantel und bringt eine Glaskugel.
- Wollt ihr hineinsehen?
Zwack stützt die Schläfe gegen den Handrücken.
- Wir können uns noch nicht entscheiden.
Debora schlägt die Lider nieder.
- Das Schaukeln ist sehr beruhigend.
Jam streckt lächelnd den Kopf weit vor.
- Sobald wir uns entspannt haben, gucken wir in die Kugel.
Naila betrachtet Huch von oben bis unten.
- Und du? Bist du gut in Form?
Ein Mann setzt langsam einen Fuß vor den anderen.

- Hallo, ich bin Laurin Menz.

Er trägt eine Kapuzenjacke.
- Ich hätte Lust.
Naila hält ihm die Glaskugel hin.
- Dann möchte ich dir etwas zeigen.
Menz schaut hinein.
- Da tritt ein roter Faden zu Tage.
Sie schenkt ihm einen aufmunternden Blick.
- Wo beginnt er? Kannst du das erkennen?
Er schwebt einen Tick über dem Boden.
- Ja! Am Rand des Schotterplatzes.
Naila wirft die Haare zurück.

- Da gehen wir hin!

Menz winkt Huch.

- Du kommst doch mit?

Naila ergreift seinen Arm.

- Richtig spannend wird es erst, wenn du uns begleitest.

Huch lächelt mit hochgezogenen Wangen.

- So ein Faden kann magische Anziehungskraft ausüben.

Neben dem Schotterplatz blüht eine Wiese.

Naila schnuppert.

- Thymian verströmt einen intensiven Duft.

Grillen zirpen.

Menz steht in leichter Rücklage.

- Auf ihre Art hat jede Grille ihre besonderen Obertöne.

Ein kirschroter Faden hat sich in einer Brombeerranke ver-
fangen und in der Folge quer durch die Wiese gezogen.

Naila blickt Menz bedeutsam an.

- Du kannst mit Stolz sagen, dass du den Faden vorherge-
sehen hast.

Er schmunzelt pfiffig.

- Das gibt natürlich eine wahnsinnige Befriedigung.

Sie strahlt über das ganze Gesicht.

- Einem Faden folgen, ist mein Lieblingssport.

Menz wippt auf den Zehen.

- Ich wüsste nicht, was ich lieber täte.

Der kirschrote Faden hebt sich grell von der samtgrünen
Wiese ab.

Naila geht mit resolutem Schritt voran.

- Von jetzt an will ich nur noch eins: Das Ende des Fadens
finden.

Menz wuselt wie eine Maus hinterher.

- Ich kann es kaum erwarten.

Die Halme rascheln.

In einer zerbeulten Sporttasche endet der Faden.

Nailas rechte Augenbraue schnellt in die Höhe.

- Ich würde sie liebend gern öffnen.

Menz hüpft in vielen kleinen Sprüngen.

- Wir unternehmen alles gemeinsam.

Sie tippt Huch auf die Schulter.

- Und darum bist du an der Reihe.

Eine Frau tippelt durchs Gras.

- Hallo, ich bin Rona Abas.

Sie trägt ein Elfenkostüm mit Gaze-Rock.

- Die Sporttasche verzaubert alle, die sie sehen.

Menz spreizt die Finger.

- Möchtest du sie auftun?

Rona öffnet den Reißverschluss.

- Wenn ihr das wünscht.

Naila hält den Atem an.

- Was ist drin?

Rona schaut forschend in die Tasche.

- Ein korallenroter Lackschuh.

Das fliegende Kamel

Ein umgestürzter Baumstamm liegt auf dem Moosteppich.
Huch winkelt den Arm leicht ab.
Eine Frau kommt durch den verwunschenen Wald mit verknotetem Wurzelwerk und dichtem Unterholz.

- Hallo, ich bin Ilka Calami.

Sie trägt Federgirlanden im Haar und bringt ein Glücksbändchen.
- Möchtest du das Glück hautnah erleben?
Ein Mann trippelt daher.

- Hallo, ich bin Sam Karg.

Er trägt eine Matrosenjacke.
- Wirkt das Bändchen sofort?
Ilka bindet es ihm ums Handgelenk.
- Probiere es aus!
Karg hebt den Fuß etwas vom Boden ab.
- Ich fühle mich federleicht.
Eine Frau tritt aus dem Schatten ans Licht.

- Hallo, ich bin Oriana Gardini.

135

Sie trägt ein rosa Hasenkostüm.

- Wenn ihr das wünscht, führe ich euch zu einem Wolf.

Ilka stemmt die Hände in die Hüften.

- Das finde ich cool.

Kargs Arme wippen.

- Einen Wolf treffen? Ich kann mich vor Glück kaum fassen.

Oriana lächelt knapp.

- Gewöhne dich daran! Du hast ein Bändchen.

Der Aufstieg durch den Wald beginnt über mehrere Serpentinen.

Ilka geht dicht hinter Oriana.

- Wir verlassen uns auf dich.

Oriana zieht die Schulter zurück und das Kinn hoch.

- Es ist toll, dass ihr mir vertraut.

Auf haushohen Felsen sitzen die Bäume wie haarige Spinnen.

Der Wolf huscht durchs Gehölz.

Ilka atmet tief durch.

- Ihm zu begegnen, kann ein beeindruckendes Erlebnis sein.

Karg deutet eine federnde Lockerungsübung an.

- Ich höre mein Herz klopfen.

Oriana zeichnet Wellenlinien in die Luft.

- Ihr könnt es ruhig nehmen.

Ilka kneift die Augen zusammen.

- Was trägt er in der Schnauze?

Karg reckt das Kinn.

- Ich würde es als Müsli-Tüte bezeichnen.

Oriana spreizt den kleinen Finger ab.

- Du meinst eine Tüte, die Müsli enthält?

Er zieht die Ferse des hinteren Beins hoch.

- Ich kann mich täuschen, aber danach sieht es aus.

Der Wolf lässt die Tüte fallen, trollt sich.

Ilka quert die Anhöhe.

- Das müssen wir uns genau ansehen.

Karg schließt sich ihr an.

- Die Tüte macht mich neugierig.

Oriana berührt mit der Fingerspitze Huchs Ellbogen.

- Möchtest du sie öffnen?

Eine Frau teilt liebevoll die Zweige auseinander.

                              - Hallo, ich bin Farah Vitale.

Sie trägt Röhrenjeans.

- Ich würde sie gern aufmachen. Wäre das falsch?

Ilka schaut sie vergnügt an.

- Lass dich nicht aufhalten!

Karg beginnt zu schwärmen.

- Du kommst auf meine ganz persönliche Liste unvergess-
licher Menschen.

Oriana spreizt die Finger.

- Sicher birgt die Tüte ein Geheimnis.

Farah reißt sie auf.

- Ich werde es lüften.

Sie klaubt einen Bleistift hervor.

- Wir haben einen Stift gefunden und nahezu schon alles
erreicht.

Ein Mann gleitet geisterhaft konzentriert über den Wald-
boden.

- Hallo, ich bin Ulrich His.

Er trägt ein Pudelkostüm.

- Möchtet ihr einen Aprikosenhain sehen?

Ilka senkt mit einem Lächeln auf den Lippen den Oberkörper.

- Da können wir nicht Nein sagen.

Karg steht extrem aufrecht, leicht nach rechts gewandt.

- Wir begeben uns sozusagen auf eine Entdeckungstour.

Oriana legt Huch von hinten den Arm über die Schulter.

- Begleitest du uns?

Er schiebt die Knie zusammen.

- Ein Aprikosenhain tönt vielversprechend.

Farah schickt His aufmunternde Blicke.

- Zeigst du uns den Weg?

Er schiebt den Kopf vor.

- Gern! Ich habe auf der ganzen Welt ein Team gesucht, das sich für den Hain interessiert.

Der Weg schlängelt sich durch den Wald und verschwindet hinter einem Berg.

Ilka lässt die Hände hängen.

- Kennst du dich aus?

His schnipst mit den Fingern.

- Ja, es gibt einen Trick.

Er lehnt den Kopf an einen Stamm.

- Du hörst den Bäumen zu.

Der Pfad führt über alte Steinplatten durch den Aprikosenhain zu einem Haus.

Die Wand ist mondweiß gestrichen.

Karg lockert den Hals.

- Das ist ein anregendes Weiß.

Oriana nimmt eine Hand hoch.

- Die Wand ist leer.

Farah spielt mit dem Bleistift.

- Es hat sie noch niemand beschrieben.

His tastet die Luft vor sich mit den Händen ab.

- Was für eine hervorragende Gelegenheit!

Ilka berührt Huchs Bein.

- Wir sind dir sehr dankbar, wenn du einen Satz schreibst.

Karg richtet den Blick auf ihn.

- Das ist eine Riesenchance für dich.

Oriana lächelt verschmitzt.

- Da kann ein Bleistift ganz praktisch sein.

Farah reicht Huch den Stift.

- Ich bin gespannt, was dir einfällt.

Eine Frau läuft in den Aprikosenhain.

- Hallo, ich bin Babette Pardo.

Sie trägt ein Charleston-Trägerkleid.

- Schreibe 3 Worte: Ein Kamel fliegt.

Er kritzelt den Satz an die Wand.

- Von selber wäre ich nicht darauf gekommen.

His schaut ihm über die Schulter.

- Das geht leichter, als ich dachte.

Ilka wischt sich den Handrücken über den Mund.

- Schreiben macht Spaß beim Zuschauen.

Karg schlägt erregt die Augen auf.

- Es braucht schon Fingerspitzengefühl.

Oriana tippt Huch auf den Rücken.

- Du siehst beschwingt aus.

Farah streift wie zufällig seinen Arm.

- Gleich hast du es geschafft.

His stützt das Kinn auf die Hand.

- Ich sage es mit einem Wort: Außergewöhnlich.

Babette stupst Huch an.

- Du schreibst, als ob du noch nie etwas anderes getan hättest.

Ein Mann stürmt ums mondweiß gestrichene Haus.

- Hallo, ich bin Emir Dahms.

Er trägt eine Schuluniform.

- Wenn ihr Lust habt, zeige ich euch einen Park.

Ilka lässt den Blick schweifen.

- Was sagt ihr dazu?

Karg steht leicht nach vorne gebeugt.

- Das kann ich mir vorstellen.

Orianas Stimme schimmert seidig.

- Das ist unser Traum.

Dahms geht voran.

- Kommt mit! Er ist überraschend nah.

Zu beiden Seiten des Wegs dehnen sich Hänge, die mit Gras und knorrigem Heidekraut bewachsen sind.

Farah dreht sich um die eigene Achse.

- Es gibt kein Hindernis, wenn wir zusammen unterwegs sind.

Im Park reckt sich eine gewaltige Platane dem Himmel entgegen.

His lacht mit weit entblößten Zähnen.

- Diesen Baum werde ich nie vergessen.

Ein Kamel gleitet mit ausgebreiteten Flügeln um den Wipfel.

Babettes Hände zeichnen einen Bogen in die Luft.

- Das wird bestimmt mein Lieblingstier.

Dahms schlenkert mit den Armen.

- Es fliegt sorgfältig und fein balanciert.

Das Kamel landet im Park.

Ein verlegenes Lächeln huscht über Ilkas Gesicht.

- Ich würde gern erfahren, wie sich das Fell anfühlt.

Karg zuckt mit den Achseln.

- Du darfst es sicher streicheln.

Sie nähert sich vorsichtig, streckt die Hand aus.

- So fühlt sich das Glück an.

Das Kamel geht in die Knie.

Orianas Ferse schwebt über dem Boden.

- Jeder träumt davon, mit ihm zu fliegen.

Das Album

Aus großer Höhe stürzt sich ein Wasserfall in die Tiefe.

Huch hört das Tosen neben einem terrassenförmigen Steinbecken.

Die Sonne zeichnet einen Regenbogen in den Sprühnebel.

Eine Frau geht die langen Abwärtskurven des Wegs hinunter.

- Hallo, ich bin Anja Tipi.

Sie trägt ein Strasskleid.

- Der Waldrand wartet darauf, entdeckt zu werden.

Huch lässt das Fußgelenk kreisen.

- Ist er in der Nähe?

Anja dreht die Handgelenke nach außen.

- Einatmen, ausatmen, und wir sind da.

Er verlagert das Gewicht auf das gebeugte Bein.

- Dann würde ich ihn gern sehen.

Auf dem kleinen Trampelpfad duftet es nach Jasmin.

Anja reckt den Finger in die Luft.

- Zusammen kommen wir weit.

Huch sieht sich um.

- Das klingt einladend.

Am Waldrand steht auf einer großflächigen Reklametafel.

- Wir bringen dich auf den Laufsteg.

Anjas Augen funkeln.

- Über den Steg zu gehen, ist viel cooler, als alles, was wir uns ausmalen könnten.

Ein Mann bewegt sich wie in Zeitlupe.

- Hallo, ich bin Yaris Lax.

Er trägt eine Trainingshose.

- Ich möchte etwas erleben.

Anja legt die Hand auf seinen Arm.

- Dann ist der Laufsteg genau das Richtige für dich.

Vom Waldrand führt ein Weg durch die Wiese.

Lax rennt voraus.

- So etwas habe ich noch nie gemacht.

Der Steg ist aus birkenweißen Planken gezimmert.

Eine Frau steht davor.

- Hallo, ich bin Marla Wallbaum.

Sie trägt ein Taftkleid.

- Was ist deine Lieblingsfarbe?

Lax zeichnet mit dem Finger einen Kreis in die Luft.

- Violett gefällt mir.

Ein Mann stapft über die Wiese.

- Hallo, ich bin Rodrigo Quast.

Er trägt einen fliederfarbenen Anzug.

- Ohne Trainingshosen geht gar nichts.

Anja versetzt Lax einen leichten Stoß.

144

- Kannst du dir vorstellen, wie das Leben ohne sie wäre?

Er zieht seine Hose sofort aus.

- Das ist überhaupt kein Problem.

Marla lehnt sich zu ihm.

- Du verlierst keine Sekunde.

Quast streift den Anzug ab.

- Mein Herz macht vor Freude einen Sprung.

Anja guckt neugierig.

- Macht es Spaß, etwas Neues auszuprobieren?

Lax legt Quasts Anzug an.

- Und wie! Violett zieht mich unwiderstehlich an.

Marla legt den Handrücken auf die Hüfte.

- Es steht dir gut.

Quast schlüpft in die Trainingshose.

- Ihr glaubt kaum, wie unsäglich erleichtert und dankbar ich bin.

Ein Elefant trottet durchs Gras.

Anja legt das Kinn auf 2 Finger.

- Er trägt etwas mit dem Rüssel.

Lax zieht die Augenbraue kurz hoch.

- Es könnte ein Album sein.

Marla schiebt die Hüfte leicht nach vorn.

- Warum fahren wir eigentlich so auf ein Album ab?

Quast winkelt das Bein nach hinten an.

- Die Frage ist schnell zu beantworten.

Anja beugt den Daumen in die Handfläche.

- Du kannst etwas einkleben.

Lax schnipst mit den Fingernägeln.

- Dann verlierst du es nie.

Der Elefant geht über den Laufsteg.

Anja zieht die Nase kraus.

- Habe ich zu viel Rotkäppchen gelesen?

Lax lässt eine Hand locker baumeln.

- Ich glaube nicht. Elefanten sind geschickt.

Marla schließt die Augen halb.

- Er geht bewusst langsam.

Quast klopft Huch von hinten auf die Schulter.

- Ich glaube fast, er will zu dir.

Der Elefant bleibt vor Huch stehen, lässt das Album fallen. Huch fängt es auf.

- Hat das etwas mit mir zu tun?

Anja stampft vor Freude mit den Füßen.

- Gewiss! Der Elefant weiß, was bei dir ankommt.

Lax blickt fröhlich.

- Man muss dir ein Kompliment machen.

Marla stellt ein Bein aus.

- Uns passiert das kaum.

Quast reibt mit der Hand über den Einband.

- Album ist nicht einfach Album.

Anja spitzt die Lippen.

- Das muss ein besonderes sein.

Der Elefant kommt vom Laufsteg herab, streift Huch mit dem Rüssel, trollt sich.

Lax schenkt Huch einen aufmunternden Blick.

- Er ist dein neuer Freund.

Eine Frau wieselt zum Laufsteg.

- Hallo, ich bin Nicoletta Zamani.

Sie trägt ein Goldkostüm.

- Ich habe selber eine Schublade gezimmert. Wollt ihr sie sehen?

Anja streckt die Arme hoch.

- Ja sicher! Das lässt keine Pause fürs Überlegen zu.

Lax läuft lachend über den Laufsteg.

- Selbst gezimmerte Schubladen sind total angesagt.

Nicoletta schlendert voran.

- Alles, was wir brauchen, sind ein paar Schritte. Dann sind wir vor Ort.

Der Weg führt am Rand der Wiese entlang zu einem hohlen Baum.

Marla schaut sich um.

- Ich genieße den ruhigen Bummel.

Quasts Mundwinkel verziehen sich ein klein wenig nach oben.

- Über kurz oder lang erreichen wir das Ziel.

Nicoletta stupft Huch.

- Wir sind schon da.

Er betrachtet den Stamm.

- Es lohnt sich zu fragen, was unser Ziel ist.

Nicoletta zieht eine Schublade aus dem Baum.

- Was sagt ihr dazu?

Anja hebt einen Finger.

- So eine Schublade gibt es sicher weltweit kein zweites Mal.

In diesem Moment fallen die Bretter der Lade auseinander. Eine Tube Leim kollert heraus.

Lax geht langsam in die Knie.

- Wollen wir sie wieder zusammenleimen?

Nicoletta hebt die Tube auf.

- Nur nichts überstürzen!

Marla streichelt sich mit der Hand über den Nacken.

- Gönnen wir uns lieber eine Denkpause!

Quast blinzelt in die Sonne.

- Was lässt sich mit Leim alles anfangen?

Nicoletta dreht sich mit Schwung in der Luft um die eigene Achse.

- Wir stehen vor der wichtigsten Frage unseres Lebens.

Ein Mann hopst durch die Wiese.

- Hallo, ich bin Fabrice Cent.

Er trägt ein Barett.

- Darf ich euch einen Tisch zeigen?

Anja kippt das Becken nach hinten.

- Dagegen spricht wahrscheinlich kaum etwas.

Lax hebt die Arme.

- Das wird alle begeistern.

Cent folgt einem Trampelpfad.

- Mein Tisch scheint gewöhnlich zu sein, eignet sich jedoch speziell zum Aufstellen im Freien.

In Serpentinen geht es durch wogendes Gras.

Marla wirft ein Bein hoch.

- Ich bin aufs Höchste gespannt, wie er aussieht.

Quast schenkt ihr einen vielsagenden Blick.

- Von Natur aus bin ich auch sehr neugierig.

Mitten im Weg befindet sich ein großer Tisch unter freiem Himmel.

Nicoletta blinzelt mit fröhlichem Blick.

- Er lässt keine Wünsche offen.

Ein kleiner Globus steht auf der rauen Holzplatte.

Cent legt alle Zuneigung in seine Stimme.

- Für mich ist die Erdkugel eine sehr persönliche Sache.

Anja trippelt auf Zehenspitzen herum.

- Kannst du uns kurz sagen, warum?

Er legt die Hände vor dem Herzen zusammen.

- Sie trägt alle Lebewesen. So entsteht ein Gefühl der Zusammengehörigkeit.

Lax berührt die Kugel.

- Ohne Erde sind wir niemand.

Der Globus öffnet sich. Ein Zettel fällt heraus.

Marla spreizt Daumen und Zeigefinger ab.

- Er kommt uns gerade recht.

Quast guckt neugierig.

- Wir kleben ihn ein.

Nicoletta schraubt die Tube auf.

- Wir haben Leim.

Cent sieht Huch anfeuernd an.

- Ich warte aufgeregt, bis du dein Album öffnest.

Die Treppe zum Brunnen

Wolken von Thymianduft steigen auf.
Huch lässt den Blick suchend über den Horizont gleiten.
Eine Frau macht ganz vorsichtig einen Schritt.

- Hallo, ich bin Kali Partout.

Sie trägt Sportleggings.
- Hast du Konfetti in den Adern?
Ein Mann läuft durch die Wiese.

- Hallo, ich bin Gaudenz Inn.

Er trägt Clownschuhe.
- Konfetti im Blut? Genau das habe ich!
Kali dreht den Kopf.
- Kannst du fliegen?
Inn hebt den Daumen.
- Sicher! Das ist mein Lieblingssport.
Am hellblauen Himmel gleitet eine Wolke. Sie landet ne-
ben Inn.
Kali schnappt tief nach Luft.
- Das ist die seltsamste Wolke, die ich je gesehen habe.
Er lehnt den Oberkörper nach vorne.
- Andere träumen nur davon.
Sie hält den Kopf gesenkt.

- Und du? Was hast du vor?

Inn hüpft in die Wolke.

- Ich steige ein.

Kali legt den Arm um Huchs Hüfte.

- Fliegst du mit?

Eine Frau geht leicht vorgebeugt durchs Gras.

- Hallo, ich bin Viviana Oberholzer.

Sie trägt einen Minirock.

- Ich würde wahnsinnig gern dabei sein.

Kali setzt sich in die Wolke.

- Es gibt eine einfache Regel.

Inn thront mit kerzengeradem Rücken.

- Man muss bloß einsteigen.

Viviana schaut Huch in die Augen.

- Was ist mit dir?

Ein Mann eilt mit federnden Schritten herbei.

- Hallo, ich bin Samir Damm.

Er trägt ein Froschkostüm.

- Die Wolke ist berauschend schön.

Kali spreizt das Bein seitlich ab.

- Sie löst den Stress und vertreibt die Unruhe.

Inn stützt die Hände auf den Knien auf.

- Und du kannst deine Teamfähigkeit trainieren.

Viviana steigt zu.

- Gemeinsam fliegt man besser als allein.

Damm nimmt Platz.

- Die Wolke wartet direkt auf uns.

Eine Frau wandelt durch die Wiese.

- Hallo, ich bin Eda Hambacher.

Sie trägt ein Prinzesskleid.

- Darf ich etwas von mir verraten?

Kali reißt lächelnd den Mund auf.

- Unbedingt! Wir bestehen darauf.

Inn lässt seine Arme fliegen wie Schmetterlinge.

- Das sollte nicht einmal eine Frage sein.

Eda überlegt, wie sie es ausdrücken soll.

- Wenn ich mit beiden Füßen auf dem Boden stehe, kann ich mich optimal entspannen.

Viviana atmet in den Bauch ein und aus.

- Das verstehen wir.

Damm beschreibt kleine Kreise in der Luft.

- Die Wiese wirkt sicher unmittelbar beruhigend.

Eda senkt den Blick.

- Ich liebe eben die Anziehungskraft der Erde.

Kali zieht eine Schulter hoch.

- Wir wollen nicht überschwänglich erscheinen.

Inn legt die Hände hinter den Kopf.

- Aber wir sind verrückt nach einem Flug.

Die Wolke hebt ab.

Vivianas Stimme tönt hell und seidig.

- Wir genießen ihn.

Damm zeigt die Hände offen nach oben.

- Unser Herz geht so in Richtung Himmel.

Die Wolke steigt auf, wird kleiner, taucht ins strahlende

Blau.

Eda kehrt ihr Gesicht Huch zu.

- Was ist dir persönlich wichtig?

Ein Mann durchstreift das Grasland.

- Hallo, ich bin Baldovino Lob.

Er trägt fallschirmweiße Handschuhe.

- Ich möchte eine wichtige Rolle in eurem Leben spielen.

Sie lehnt sich ihm entgegen.

- Das spielst du. Wenn es dich nicht gäbe, müssten wir dich erfinden.

Lob steht von einem Bein aufs andere.

- Ich möchte euch mein Bett zeigen.

Eda sieht ihn aus großen Augen an.

- Wo steht es?

Er macht ein pfiffiges Gesicht.

- Gefallen euch kurze Wege?

Sie setzt ein strahlendes Lächeln auf.

- Gewiss! Sie haben einen unbeschreiblichen Reiz.

Lob geht wiegenden Schrittes voran.

- Eben! Allzu lange Wege können nämlich echt stressig sein.

Der Pfad steigt steil an.

Eda spitzt kurz die Lippen.

- Thymian duftet aufregend intensiv.

Er hebt die Nase.

- Ich rieche ihn gern.

Das Bett steht am Wegesrand.

Eda blickt Huch ermunternd an.

- Das müssen wir uns näher ansehen.

Lob tritt einen Schritt zurück.

- Wollt ihr unter die Bettdecke gucken?

Sie schlägt sie zurück.

- Ja sicher! Das lässt sich unheimlich leicht realisieren.

Ein Kern liegt auf dem Leintuch.

Lob dehnt den Rücken.

- Wir haben unglaubliches Glück!

Eda kippt nach vorn.

- Was ist das? Was sollte man darüber wissen?

Er schaut ihr über die Schultern.

- Meiner Meinung nach ist das ein Sonnenblumenkern.

Sie hebt ihn auf.

- Das wird bestimmt mein Lieblingskern.

Eine Frau geht über die Wiese.

- Hallo, ich bin Zehra Tarango.

Sie trägt einen Rüschenrock.

- Wollt ihr eine mit Wellen bemalte Treppe sehen?

Eda stellt ein Bein vor das andere.

- Ja! Da zögern wir keine Sekunde.

Lob dreht den Oberkörper.

- Das ist genau die Art von Treppe, die uns interessiert.

Zehra geht voran.

- Sie wird euch vom ersten Moment an beeindrucken.

Im Zickzack führt der Weg bergan.

Eda blickt sich um.

- Wenn wir einmal ein Ziel haben, hören wir nicht auf zu laufen.

Lob schreitet forsch vorwärts.

- Das gibt uns ein gutes Körpergefühl.

Mit jeder Spitzkehre rückt die Treppe näher.

Zehra hüpft auf der Stelle.

- Ich fühle mich wie ein tanzendes Küken in einer Eierschale.

Wellenlinien schlängeln sich über die Stufen zu einem Brunnen hoch.

Eda läuft aufgeregt.

- Ich bin überwältigt!

Lob macht eine Faust mit nach oben zeigendem Daumen.

- Der Springbrunnen begeistert mich.

Zehra wendet den Kopf zu Huch.

- Du bist der Einzige, der noch nichts gesagt hat.

Huch schwenkt die Hand nach links.

- Ich sehe eine Gießkanne.

Sie steht in der Mitte einer Wellenlinie.

Eda zieht die Brauen hoch.

- Sie passt zur Treppe.

Lob schiebt die Oberlippe leicht vor.

- Sie ist ein Blickfang.

Zehra stellt sich vor Huch hin.

- Möchtest du sie holen?

Ein Mann bewegt sich in Trippelschritten.

- Hallo, ich bin Fabrizio Ahl.

Er trägt ein Kapuzenshirt.

- Wie wäre es, wenn ich sie nehme?

Eda hebt die Hände und sagt nur.

- Das ist sicherlich eine gute Idee.

Lob wippt auf seinen Zehen.

- Es gibt in der ganzen Welt keinen besseren Gärtner.

Zehra stellt die Hüfte schräg aus.

- Gibt es etwas zu pflanzen?

Eda zeigt ihr den Sonnenblumenkern.

- Ja! Ich hoffe, dass er eines Tages sprießt.

Ahl greift sich an den Kopf.

- Wir bräuchten Wasser.

Er läuft die Treppe hoch zum Brunnen.

- Es ist das erste Mal, dass ich die Gießkanne fülle.

Eda hebt das Bein ein wenig vom Boden ab.

- Nicht jeder findet auf Anhieb die Treppe zum Brunnen.

Der Tausch

Eine enge Gasse schlängelt sich Meter um Meter durch die Altstadt.
Huchs Blick schweift nach links.
Eine Frau tänzelt mit Wippen und Hüpfen aus der Seitengasse.

- Hallo, ich bin Yin Nolte.

Sie trägt einen Schal.
- Wollen wir ein Gruppenfoto machen?
Ein Mann schlendert pfeifend.

- Hallo, ich bin Ugo Wall.

Er trägt eine Mütze.
- Von einem Gruppenfoto habe ich immer geträumt.
Yin sticht mit dem Finger in die Luft.
- Wir sind das beste Team, das sich je zu einem Foto versammelt hat.
Wall formt die Hände vor dem Bauch zur Raute.
- Da sind wir uns einig.
Eine Frau bummelt durch die Altstadt.

- Hallo, ich bin Cassandra Mondschein.

Sie trägt einen Tüllrock.

- Eine Sitzbank hat einen neuen hellen Anstrich bekommen.

Yins Blick schweift übers Team.

- Wenn ihr einverstanden seid, gehen wir sie anschauen.

Wall strafft den Hals.

- Die Farbe nimmt mich schon sehr wunder.

Cassandra berührt Huch leicht an der Hüfte.

- Was sagst du dazu?

Er kreist die Schulter nach vorn.

- Besichtigen kann man viel.

Sie klopft leicht mit dem Fuß auf den Boden.

- Ich zeige euch den Weg. Ihr könnt euch auf mich verlassen.

Die Gasse ist mit ananasgelben und froschgrünen Tüchern geschmückt.

Yin freut sich.

- Sie sind ein echter Hingucker.

Die Sitzbank leuchtet knallorange am Rand der Altstadt.

Wall schleudert seinen rechten Arm in die Höhe.

- Das ist der tollste Anstrich, den ich je gesehen habe.

Eine Kamera liegt auf der Sitzfläche.

Cassandra nimmt sie in die Hand.

- Ich möchte eure Meinung einholen.

Yin stellt sich auf die Fußballen.

- Worum geht es?

Cassandra hält die Kamera hoch.

- Wünscht ihr, dass ich fotografiere?

Wall winkt höflich ab.

- Eigentlich hätten wir dich auch gern auf dem Bild.

Ein Mann tritt aus der Gasse.

- Hallo, ich bin Quintiliano Rech.

Er trägt eine Narrenkappe mit Federn.
- Wisst ihr, was meine Stärke ist?
Cassandra wirft ihm einen aufmunternden Blick zu.
- Lass uns raten!
Yin schaukelt den Kopf.
- Kannst du mit der Kamera umgehen?
Rech zeigt beim Lächeln die strahlenden Zähne.
- Wer, wenn nicht ich! Das könnte ich sehr wohl übernehmen.
Cassandra gibt ihm den Fotoapparat.
- Das einzige Wort, dass mir dazu einfällt, ist: Danke!
Er leckt sich die Lippen.
- Die Bank wartet mit einem extremen Farbton auf. Setzt euch!
Yin nimmt Platz.
- Ich fände es furchtbar aufregend, wenn wir alle ein T-Shirt tragen würden.
Wall lässt sich neben ihr nieder.
- Meinst du eine Art Vereinsdress?
Sie überschlägt die Beine.
- Ja genau! Das würde unserem Team gut anstehen.
Cassandra setzt sich auf die Bank.
- Das ist eine glänzende Idee.
Rech dehnt den Hals.
- Wo finden wir etwas Passendes?
Eine Frau stößt einen Handwagen mit einem Textildrucker.

161

- Hallo, ich bin Zaida Oberland.

Sie trägt ein Ballkleid.

- Ich kann euch T-Shirts bedrucken, allerdings nur mit 3 Buchstaben.

Yin zieht die Stirnfalte zusammen.

- 3 Buchstaben? Welche denn?

Zaida hält den Arm leicht vom Körper weg.

- Es sind C, H, U.

Wall rutscht auf der Bank hin und her.

- Welches Wort bilden wir damit?

Cassandra stemmt die Hände in die Hüfte.

- Da würde man sich gern zu einer raschen Antwort hinreißen lassen.

Rech verzieht den Mund zum feinen Lächeln.

- Unser Team nennt sich Chu!

Yin erkundigt sich.

- Kann ein Buchstabe auch doppelt gedruckt werden?

Zaida dreht die Hand.

- Warum nicht? Das können wir machen.

Wall blickt heiter drein.

- Dann lässt sich im Handumdrehen ein Wort herstellen. Es heißt: „Huch".

Sie legt Huch die Hand auf die Schulter.

- Kannst du dich dafür begeistern?

Ein Schmunzeln gräbt sich in seine Wangen.

- Es gibt nur ein Bedenken. „Huch" ist mein Name.

Yin streckt das Bein in die Höhe.

- Das hören wir zum ersten Mal.

Wall beugt den Kopf ein wenig nach links.

- Warum sind wir nicht eher darauf gekommen?

Huch spannt den Rücken leicht an.

- Entschuldigt bitte, dass ich mich erst jetzt vorstelle. Ich heiße Johann Sebastian Huch.

Cassandra springt auf.

- Ich würde liebend gern in einem Huch-Team sein.

Rech hüpft.

- Der Name schweißt uns zusammen.

Zaida schaltet den Textildrucker an.

- Ich glaube, es ist entschieden.

Sie tippt auf die Tasten, gibt „Huch" ein.

- „Huch" klingt wie Musik für mich.

Yin hört ein sanftes Surren.

- Jetzt gibt es kein Zurück mehr.

Das erste T-Shirt schiebt sich ins Entnahmefach.

Wall schaut neugierig.

- Passt es?

Zaida reckt das Kinn hoch.

- Ich habe es extra für dich ausgedruckt.

Er geht einen Schritt zurück.

- Das ist mir gar nicht aufgefallen.

Cassandra lächelt freundlich und breit.

- Du solltest es unbedingt anprobieren.

Rech steht wie ein Reiher auf einem Bein.

- Schon der Aufdruck macht große Lust.

Zaida nimmt das T-Shirt aus dem Fach.

- Es wirkt elegant und lässig zugleich.

Yin lässt die Augen zu Wall wandern.

- Sicher wird es dir Freude bereiten.

Wall schlüpft hinein.

- Passender könnte es nicht sein.

Cassandra stellt sich auf die Zehenspitzen.

- Das Huch-Shirt ist umwerfend! Ich hätte gern das nächste.

Rech kreist um sich selbst.

- Ich würde das dritte für mich reservieren, wenn es geht.

Zaida räumt laufend das Entnahmefach.

- Für wen könnte es sich besser eignen?

Yin nimmt den rechten, dann den linken Arm hoch.

- Mit dem T-Shirt erscheine ich in einem völlig neuen Licht.

Wall springt in die Luft.

- Ich würde meins um keinen Preis der Welt wieder hergeben.

Cassandra schlägt ihm spielerisch auf die Schulter.

- Es steht dir gut.

Rech wirft einen Seitenblick auf Zaida.

- Du solltest auch ein T-Shirt für dich ausdrucken.

Sie drückt auf die Befehlstaste.

- Dein Vorschlag ist goldrichtig.

Yin küsst die Luft.

- Wir entfachen einen Boom!

Walls Blick geht zu Zaida.

- Würdest du uns einen Gefallen tun?

Sie kehrt ihm das Gesicht zu.

- Das versteht sich von selber. Hat jemand noch kein Huch-Shirt?

Cassandra deutet ein Nicken an.

- Ja! Johann Sebastian!

Rech stellt sich auf die Zehenspitzen.

- Wer Johann Sebastian sagt, sagt Huch, und wer Huch

sagt, sagt auch Huch-Shirt.

Zaida tänzelt um den Drucker herum.

- Das klingt gut durchdacht.

Ein Mann schlendert aus der Gasse auf Huch zu.

- Hallo, ich bin Pino Tarn.

Er trägt Shorts.

- Bekommst du ein neues Shirt?

Huchs rechte Augenbraue geht hoch.

- Woran erkennst du das?

Tarn lächelt mit den Augen.

- Es ist ja nur allzu klar, dass sich euer Team neu einkleidet.

Zaida nimmt das letzte T-Shirt aus dem Entnahmefach.

- Johann Sebastian, das ist für dich.

Huch weist auf Tarn.

- Pino hat noch keins.

Tarn tippt sich mit dem Zeigefinger an den Kopf.

- Ich weiß, was wir tun könnten.

Er streift mit der Zehenspitze Huchs Fuß.

- Ich nehme dein altes. Und du ziehst das neue an.

Hallo Paula

Bäume überwachsen den schroffen Berg.
Huch saugt die Luft durch die Nase ein.
Nebelschwaden steigen von den Baumriesen auf den Tal-
flanken empor.
Eine Frau schreitet langsam.

- Hallo, ich bin Hama Fehrenbach.

Sie trägt ein Strandkleid.
- Die Passhöhe liegt nur einen Katzensprung von hier entfernt.
Ein Mann kommt den atemberaubend steilen Serpenti-
nenweg hoch.

- Hallo, ich bin Gero Dan.

Er trägt einen Tropenhut.
- Was? Ihr wollt auf den Pass? Ihr habt das gleiche Ziel wie
ich.
Hama reibt die Handinnenflächen gegeneinander.
- Ist gut! In dem Fall sind wir zusammen, nicht allein unter-
wegs.
Dan lässt seinen Tropenhut vor Übermut durch die Luft se-
geln.
- Ich fühle mich, als ob ich auf Wolken schweben würde.

167

Ein gewundener Pfad führt nach oben.

Hama berührt Huchs Ellbogen.

- Wandern ist attraktiv für Menschen, die etwas für die Gesundheit tun.

Er biegt den Zeigefinger.

- Den Anschein hat es.

Dan fegt und tänzelt über den Weg.

- Es wirkt gleichzeitig anregend als auch beruhigend.

Mit auberginefarbenen Falten fällt der Felsabhang ins Tal.

Hamas Augen blitzen.

- Die Aussicht macht schon den Reiz dieser Wanderung aus.

Dan geht leicht in die Knie und federt.

- Ein klein wenig außer Atem komme ich schon.

Auf der Passhöhe liegt ein Haufen Kostüme.

Eine Frau hüpft auf und ab.

- Hallo, ich bin Vanuatu Klingenberg.

Sie trägt einen Kopfschmuck mit Pfauenfedern, fragt Hama.

- Darf ich dein Strandkleid haben?

Hama streift es ab.

- Gern! Das versteht sich von selber.

Dan streicht sich über das Kinn.

- Warum sind Strandkleider so beliebt?

Vanuatu schlüpft hinein.

- Worte können das gar nicht ausdrücken.

Hama hebt ein Eichhörnchenkostüm vom Haufen.

- Neu ist es freilich nicht, aber unbestritten anziehend.

Ein Mann tanzt über die Passhöhe.

- Hallo, ich bin Achim Stein.

Er trägt einen Anzug.
- Verschenkst du deinen Tropenhut?
Dan nimmt ihn ab.
- Ja sicher!
Vanuatu blickt vertrauensselig.
- In unserem Team wimmelt es von großzügigen Menschen.
Stein setzt ihn auf.
- Der Tropenhut lenkt garantiert alle Blicke auf sich.
Hamas Oberkörper wippt vor und zurück.
- Mache ich eine gute Figur im Eichhörnchenkostüm?
Dan schenkt ihr ein aufmunterndes Lächeln.
- Du bist das tollste Eichhörnchen, das ich je gesehen habe.
Vanuatu bestätigt beschwingt.
- Soviel ist sicher.
Stein bietet Huch ein Eisbärenkostüm an.
- Schön wäre es, wenn du es tragen würdest.
Hama fasst sein Handgelenk.
- Ich bin sicher, dass es dir stehen wird.
Dan tippt sich an die Brust.
- Wäre es nicht besser, wenn ich es nähme?
Er senkt den Blick.
- Der Eisbär ist nämlich mein Lieblingstier.
Huch zieht die Mundwinkel hoch.
- Den Wunsch können wir dir kaum ausschlagen.

Vanuatu zeigt mit dem ausgestreckten Finger auf Dan.

- Genau! Jeder soll sich in das Tier verwandeln, das ihm entspricht.

Stein reicht Dan das Eisbärenkostüm.

- Es wird dich immer glücklich machen.

Hama hüpft vor Begeisterung im Kreis.

- Es strahlt einen ganz besonderen Zauber aus.

Dan schlüpft ins Kostüm.

- Ein Traum wird wahr.

Ein grün leuchtendes Kaninchen hoppelt über die Passhöhe.

Vanuatu läuft hinterher.

- Das ist einmalig!

Stein folgt.

- Möglicherweise hast du recht. Ich werde es mir näher ansehen.

Hama hastet den Weg hinunter.

- Es macht Spaß, das Kaninchen zu beobachten.

Dan hetzt.

- Ich bin zuversichtlich, dass wir es einholen.

Das Fußtrappeln verstummt.

Huch blickt dem Team versonnen nach.

Eine Frau überquert die Passhöhe.

- Hallo, ich bin Lou Imhof.

Sie trägt einen Reifrock.

- Möchtest du dahin gelangen, wo du noch nie gewesen bist?

Er legt Daumen und Zeigefinger ans Kinn.

- Das tönt gut.

Ein Trampelpfad führt durch Wacholder und mannshohen Farn.

Lou streicht kurz mit der Zunge über die Oberlippe.

- Ich würde gern mit dir über die Hochzeit reden.

Ein Mann bewegt sich wie in Zeitlupe.

- Hallo, ich bin Jack Bat.

Er trägt eine Baseballcap.

- Alles, was ich will, ist heiraten.

Sie winkelt den Arm ab.

- Das würde ich am liebsten tun.

Bat hebt die Augenbrauen.

- Du solltest bei meiner Hochzeit unbedingt dabei sein.

Lou bekommt glänzende Augen.

- Bei meiner würde ich dich auch gern sehen.

Er hält sich die Hand vor den Mund.

- Das käme mir gelegen.

Ihre Augen haften an seinem Gesicht.

- Wir passen gut zusammen.

Bat streckt die Schultern.

- Und empfinden keinen Stress.

Lou betont mit kräftiger Stimme.

- Wenn du nicht der richtige Mann bist, verstehe ich die Welt nicht mehr.

Sein Knie knickt ein.

- Was du gerade sagst, ist überaus freundlich.

Sie schöpft Atem.

- Mein Traum wäre, dich zu nehmen.

Er schließt die Augen.

- Ich habe nichts anderes im Sinn.

Eine Frau nähert sich mit ausgreifenden Eisläuferschritten.

- Hallo, ich bin Melinda Uhlmann.

Sie trägt ein Blümchenkleid.

- Regt sich euer Forscherdrang beim Gedanken an eine versunkene Stadt?

Lou streift das Schläfenhaar hinter die Ohrmuschel zurück.

- Ja, ganz bestimmt!

Bat breitet die Arme aus.

- Das wäre eine coole Vorstellung, dort zu heiraten.

Melinda bahnt sich einen Weg durch den Wildwuchs aus Gräsern und Blättern.

- Warum nicht? Das lässt sich machen.

Moos polstert eine Mauer.

Lou holt tief Luft.

- Mich beschäftigt vor allem das Hochzeitshaus.

Bat zieht die Augenbrauen hoch.

- Die Frage ist nur, ob wir es finden.

Melinda verbiegt kess den Körper.

- Daran besteht kein Zweifel.

Die Wilde Rebe wächst über die steinernen Wände und Geländer.

Lou streicht sich eine Locke aus der Stirn.

- Das ist eine der erstaunlichsten Pflanzen, die ich kenne.

Ein Mann steigt aus einer von Efeu überwucherten Ruine.

- Hallo, ich bin Zahir Wach.

172

Er trägt einen Filzhut.

- Sucht ihr zufällig das Hochzeitshaus?

Bat kratzt sich am Kinn.

- Ja! Kannst du uns kurz sagen, wo es ist?

Wach knickt den Ellbogen leicht ein.

- Ihr seid am Ziel! Wer heiraten will, der ist hier richtig.

Melinda reißt die Augen auf.

- Das ist ja kaum zu fassen!

Wach kreuzt die Arme über der Brust.

- Kommt rein!

Lou kraxelt durch die Türöffnung in die Ruine.

- Da dürfen wir nicht zögern.

Bat streckt die Hand aus, als würde er einen Ballon halten.

- Der Eingang sieht irgendwie geheimnisvoll aus.

Melinda hangelt von Ast zu Ast.

- Ich komme mir fast als Extremsportlerin vor.

Wach weist mit der Hand auf Huch.

- Alle sind eingeladen.

Eine Frau prescht durch die versunkene Stadt.

- Hallo, ich bin Paula Cerise.

Sie trägt ein kurzes Kleid.

- Ich brauche einen Song.

Huch schiebt die Hände in die Hosentaschen.

- Denkst du an einen bestimmten?

Paula stellt einen Fuß vor den anderen.

- Ja, du könntest ihn für mich schreiben.

Sie fährt mit dem Finger über seine Hand.

- Er soll so beginnen: Hallo Paula.

Aschenputtel kehrt zurück

Ein spitzkegeliger Kalksteinfels ragt auf.
Huch hebt den Blick.
Eine Wolke umhüllt die Spitze.
Durch den Hang bummelt eine Frau.

- Hallo, ich bin Teresita Yilmaz.

Sie trägt einen Glitzerrock.
- Was machst du, wenn du den Aussichtspunkt erreichst?
Huch krallt und streckt die Zehen.
- Ich sehe mich einfach mal um.
Teresita geht die steilen Serpentinen hinauf.
- Und wenn ich einen Schuh verliere, was tust du dann?
Ein Mann beschleunigt seine Schritte.

- Hallo, ich bin Ernesto Retz.

Er trägt eine Krawatte.
- Also, wenn dir ein Schuh abhandenkommt, suche ich ihn
bis ans Ende der Welt.
Eine Tafel steht am Wegesrand. Darauf steht.
- Ende der Welt.
Mitten im Weg liegt ein riesiges Buch mit ausgerissenen
Seiten.
Eine Frau klettert heraus.

175

- Hallo, ich bin Aschenputtel.

Ihr Kleid schimmert golden und silbern. Ihre Schuhe sind bestickt.

- Haltet Augen und Ohren offen! Gleich verliere ich einen Schuh.

Teresita rafft den Rock.

- Ist das nicht fast ein bisschen schade?

Retz blinkert drollig mit den Augen.

- Macht euch keine Gedanken! Ich rette den Schuh.

Aschenputtel läuft zum Aussichtspunkt.

- Willst du das wirklich tun?

Er streckt die Hände in Halshöhe aus.

- Es ist mir ein Vergnügen.

Ihr Schuh rutscht vom Fuß.

- Vor einer halben Sekunde hatte ich noch 2 Schuhe.

Teresita schiebt die linke Hand in die rechte.

- Und schon ist es passiert!

Retz bückt sich.

- Es ist ziemlich leicht für mich, ihn aufzuheben.

Aschenputtel ruft quer durch den Hang.

- Wäre ich an eurer Stelle, würde ich jetzt überall nachfragen: Passt dir der Schuh? Oder ist er zu klein?

Teresita blinzelt.

- Im Ernst? Wir sehen dich doch!

Retz hält den Schuh hoch.

- Alles, was du tun musst, ist warten.

Aschenputtel lockert ihren Oberkörper.

- Ihr gebt mir gute Tipps.

Sie verschwindet hinter einem Felsen.

176

- Aber ich mache den Selbsttest und schaue, ob ich mich unsichtbar machen kann.

Teresita hebt leicht die Schulter.

- Aschenputtel tickt anders, als wir es uns vorgestellt haben.

Retz legt den Kopf schief.

- Rennen wir hinterher?

Ein Mann sputet sich.

                - Hallo, ich bin Quintino Fuchs.

Er trägt einen Pyjama und bringt einen Ball.

- Spielt ihr mit mir Fußball?

Teresita streckt das Kinn nach vorn.

- Der Hang ist ein bisschen steil.

Fuchs hüpft.

- Da hast du recht. Allerdings kenne ich eine Wiese. Sie ist schön flach. Und es gibt dort ein richtiges Fußballtor.

Retz richtet sich auf.

- Wir sind dabei.

Teresita fährt sich durchs Haar.

- Was machst du mit dem Schuh?

Retz drückt ihn ihr in die Hand.

- Kannst du dich darum kümmern?

Fuchs beißt sich auf die Unterlippe.

- Das ist ein besonderer Schuh. Du darfst ihn nie verlegen.

Teresita reicht ihn Huch weiter.

- Möchtest du ihn eine Sekunde halten?

Er biegt den Kopf etwas nach hinten.

- Wieso ich?

Retz spreizt die Arme ab.

- Wir vertrauen dir.

Fuchs trottet vergnügt davon.

- Es beruhigt uns.

Teresita berührt mit dem Fingernagel Huchs Oberarm.

- Wir verlassen uns auf dich.

Retz läuft los, den Hang runter.

- Aschenputtel zu finden, ist eine spannende und herausfordernde Aufgabe.

Fuchs wirft den Ball wie ein Jongleur in die Luft.

- Das kannst du sicher besser als wir.

Huch hebt die Augenbrauen.

- Wir scheinen da wohl mal eine Pause zum Verhandeln zu brauchen.

Teresita ruft von weit unten.

- Damit beschäftigen wir uns später.

Eine Frau kommt forschen Schrittes heran.

- Hallo, ich bin Octavia Nagy.

Sie trägt einen Bleistiftrock.

- Möchtest du mir den Schuh anprobieren?

Ein Mann taucht auf.

- Hallo, ich bin Ulf Meck.

Er trägt einen Smoking.

- Darf ich einspringen?

Octavia setzt sich auf eine schmale Felsenbank.

- Gern! Dann muss ich nicht länger davon träumen.

Meck nimmt Huch Aschenputtels Schuh ab.

- Schuhe sind nicht nur Gebrauchsgegenstände, sondern Stücke mit eigener Seele.

Octavia streift ihren Schuh ab.

- Das hast du schön gesagt.

Er kniet nieder, probiert ihr den bestickten Schuh an.

- Es tut mir leid. Er ist zu klein.

Sie schlüpft in den eigenen Schuh.

- Trotzdem danke! Das Probieren hat mir viel Spaß bereitet.

Eine Frau verlangsamt ihre Schritte.

- Hallo, ich bin Lidia Sonnenberg.

Sie trägt einen Federhut.

- Dieser bestickte Schuh würde meinen Fuß schmücken.

Ein Mann sprintet herbei.

- Hallo, ich bin Denis Kick.

Er trägt eine Baskenmütze.

- Wird Teamwork bei euch großgeschrieben?

Octavia streckt das linke Bein.

- Denkst du an eine bestimmte Zusammenarbeit?

Kick hebt seine Hände in die Luft und formt sie zu einem Halbrund.

- Ja! Jemand hat zum Beispiel einen Schuh.

Meck fasst sich an die Stirn.

- Das trifft auf mich zu.

Lidia berührt Kick am Unterarm.

- Möchtest du auch zum Team gehören?

Sein Gesicht hellt sich auf.

- Unbedingt! Ein Team ist wie eine Familie.

Sie nimmt neben Octavia Platz.

- Ja dann nimm den bestickten Schuh!

Kick öffnet beide Handteller.

- Darf ich?

Meck legt Aschenputtels Schuh in seine Hand.

- Gern. Bei mir ist immer fast alles zu haben.

Kick reißt die Augen weit auf.

- Es gibt Schuhe der unterschiedlichsten Größe.

Lidia fährt sich mit der Zunge über den Mundwinkel.

- Zieh ihn mir an!

Er kniet nieder, führt ihren Fuß vorsichtig ein.

- Es gibt ein Problem. Deine Ferse passt nicht hinein.

Eine Frau kommt.

- Hallo, ich bin Gerda Zanders.

Sie trägt ein Plüschkleid und bringt einen goldenen Kamm.

- Ich habe ihn in einem Baum gefunden.

Octavia schlägt ihre Beine übereinander.

- Möchtest du mich kämmen?

Gerda stellt sich hinter sie.

- Genau das und nichts Anderes mache ich sehr gern.

Meck stützt das Kinn in die Hand.

- Danke, dass du uns von deiner Vorliebe erzählst.

Lidia schaut Gerda zu.

- Kann da überhaupt etwas schiefgehen?

Sie senkt den Kopf.

- Wohl kaum! Mein Kamm sorgt für Aufsehen und zahlreiche Komplimente.

Kick gibt Huch den gestickten Schuh.

- Ich mag Gespräche über Haare.

Gerda sortiert eine Haarsträhne.

- Ich rede mit euch über alles, was immer ihr wünscht.

Aschenputtel kehrt zurück.

- Hallo, kennt ihr mich?

Octavia grüßt sie begeistert.

- Ja sicher! Du bist Aschenputtel.

Sie hebt den Kopf hoch.

- Woran kennt ihr mich?

Meck lenkt den Blick auf den Boden.

- Du gehst einseitig barfuß.

Aschenputtel sieht den bestickten Schuh in Huchs Hand.

- Darf ich dich beraten?

Er schließt halb die Augen.

- Ja, ich höre gern zu.

Aschenputtel winkt ihn mit nach unten gedrehten Handflächen zu sich heran.

- Du solltest mich fragen, ob du mir den Schuh anprobieren darfst.

Genau der richtige Song

Urwaldriesen säumen den Fluss.
Huch schaut der Strömung zu.
Die Zweige streifen das klare Wasser.
Eine Frau tastet sich Schritt für Schritt voran.

- Hallo, ich bin Hanja Beka.

Sie trägt einen Glockenrock.
- Ich versuche mir vorzustellen, wie es wäre, wenn wir ein
Team gründen würden.
Ein Mann läuft gebückt.

- Hallo, ich bin Jiri Vag.

Er trägt Bermudashorts.
- Es ist anregend, füreinander da zu sein.
Hanja legt Huch die Hand auf die Schulter.
- Probierst du gern mal etwas Neues aus?
Eine Frau streift durchs Gestrüpp.

- Hallo, ich bin Whitney Padberg.

Sie trägt ein Samtkleid.
- Darf ich euch einen kleinen Pfad zeigen?
Vag richtet seine Haare.

183

- Ja gern! Wohin führt er?

Whitney streichelt sich das Kinn.

- Durchs Dickicht.

Hanja zieht die Mundwinkel hoch.

- Das klingt abenteuerlich.

Vag streckt beide Arme senkrecht nach oben.

- Ich finde es spannend.

Whitney tänzelt über die Wurzeln.

- Im Wald herrscht eine geheimnisvolle Stimmung.

Moosbärte hängen von den Bäumen wie Spinnweben herab.

Hanja fährt sich mit der Hand durch die Haare.

- Das Spazieren bereitet mir viel Spaß.

Vag gerät vor einen hellvioletten Turm.

- Für mich sind Türme im Wald etwas ganz Neues.

Whitney öffnet die Tür.

- Ich vermute, dass ein Stift darin liegt.

Hanja bückt sich.

- Und das nicht ohne Grund.

Sie hebt ihn auf.

- Was will man mehr!

Vag blickt ihr über die Schulter.

- Von allen Stiften, die ich je gesehen habe, ist er der vorzüglichste.

Whitney schließt die Tür.

- Heute ist unser Glückstag.

Kleine Blumen säumen den Pfad. Sie leuchten altrosa, aprikosengelb und watteweiß.

Auf einer weichen Matratze liegt ein Plättchen. Durch ein Loch ist eine Schnur gezogen.

Hanja drückt den Zeigefinger fest auf die Lippen.

- Es sieht einem Wunschplättchen täuschend ähnlich.

Vag ergreift es.

- Vielleicht ist es sogar eines.

Ein Mann läuft übers Moos.

- Hallo ich bin Immanuel Ces.

Er trägt einen Blazer und bringt Spielkarten.

- Möchtet ihr lernen, Karten zu ziehen?

Whitney wischt über den Mund.

- Was muss man sich darunter vorstellen?

Ces legt die Spielkarten auf die Matratze.

- Alle dürfen eine Karte von der Beige nehmen.

Hanja beugt den Oberkörper nach vorn.

- Ich mache mal einen Versuch.

Sie klaubt die oberste Karte.

- Ich habe Herz 6!

Vag bedient sich.

- Karo Ass! So etwas in der Art habe ich gewünscht.

Whitney zieht eine Karte.

- Herz König ist sehenswert, finde ich.

Ces hebt eine ab.

- Mir gefällt Pik 3.

Er neigt den Kopf zu Huch.

- Lass auch den kleinen Tiger in dir raus!

Huch stellt sich aufrecht hin.

- Wie geht das?

Hanja zupft ihn am Jackenärmel.

- Schnapp dir eine Karte!

Er fährt kurz und unauffällig mit der Zunge über die Lippen.

- Darf ich sie auch ruhig nehmen?

Vag legt ihm beschwichtigend die Hand auf die Schulter.

- Aber sicher doch! Wir wollen niemanden hetzen.

Huch deckt zögernd die oberste Karte auf.

- Was ist das?

Whitney wirft ihm eine Kusshand zu.

- Herz Dame! Sie dürfte für schnelles Herzklopfen sorgen.

Er schlägt die Augenlider nieder.

- Wieso denn?

Ces spreizt Zeigefinger und Mittelfinger zum Victory-Zeichen.

- Du hast gewonnen.

Hanja gibt Huch den Stift.

- Ich gratuliere.

Vag reicht ihm das Plättchen.

- Schreib einen Wunsch auf!

Eine Frau wandert durch den Wald.

- Hallo, ich bin Darinka Nadir.

Sie trägt ein Taftkleid.

- Wünsche dir einen Steinway-Konzertflügel!

Hanja wiegt fast unmerklich den Kopf.

- Wir lassen uns gern von dir beraten.

Vag schließt die Augen.

- Das ist sicher keine schlechte Wahl.

Whitneys Stimme klingt verträumt.

- Der Vorschlag ist goldrichtig.

Ces räkelt sich glücklich.

- Das sehe ich auch so.

Darinka blickt Huch an.

- Wenn ich du wäre, würde ich „Steinway" aufs Plättchen schreiben.

Sie stupst ihn sanft an.

- Warum zögerst du?

Er setzt den Stift an.

- Ich bin von Natur aus eher langsam.

Hanja hängt das Plättchen in den Baum.

- Das ist ein leicht erfüllbarer Wunsch.

Ein Mann streift durchs Unterholz.

                              - Hallo, ich bin Ettore Zent.

Er trägt einen Kittel.

- Möchtet ihr eine Bühne sehen?

Vag nickt energisch.

- Selbstverständlich gern!

Whitney breitet die Arme aus.

- Warum könnte sich jemand dagegen aussprechen?

Zent geht voraus.

- Lasst euch auf dem Weg von der hübschen Landschaft bezaubern!

Lichtsäulen strahlen wie Scheinwerfer auf riesige Wurzeln, dichte Büsche und kleine Höhlen.

Ces setzt eine heitere Miene auf.

- Der Wald macht den Spaziergang zu einer kurzweiligen Sache.

Die Bühne besteht aus einem hellschimmernden Podest,

auf welchem ein Steinway steht.

Darinka schiebt die Zunge angespannt zwischen die Lippen.

- Ein Konzertflügel ist schon etwas Besonderes.

Zent wippt mit dem rechten Fuß.

- Ihr seid hier richtig.

Hanja steigt mit Huch auf die Bühne.

- Gefällt er dir?

Huch holt tief Luft.

- Ich weiß nicht, wie ich mich ausdrücken soll.

Vag schiebt die Klavierbank.

- Mit Musik natürlich! Setz dich!

Whitney ergreift Huchs Arm.

- Hauptsache, du fühlst dich wohl.

Ces hebt die Pupillen zu den Augenlidern.

- Wir hören im Rauschen der Baumkronen Musik.

Darinka legt Huch die Hand auf die Schulter.

- Kannst du sie auch auf dem Klavier spielen?

Zent öffnet den Tastendeckel.

- Das stelle ich mir vielversprechend vor.

Hanja schubst Huch leicht.

- Brauchst du Noten?

Er rutscht auf der Klavierbank hin und her.

- Nein, die Noten schwirren in meinem Kopf herum.

Vag spricht mit singender Stimme.

- Und wie klingen sie?

Huch drückt eine Taste.

- Ich könnte ein Lied daraus machen.

Whitney berührt ihn am Handgelenk.

- Dein Song ist fantastisch!

Er dreht den Hals.

- Aber ich habe erst einen Ton gespielt.

Ces hüpft auf einem Bein.

- Wir sind sehr stolz auf dich.

Darinka wälzt sich auf dem Konzertflügel hin und her.

- Mit diesem Song werde ich mich immer gut fühlen.

Eine Frau wuselt auf die Bühne.

- Hallo, ich bin Anne Quirin.

Sie trägt einen Wickelrock und bringt ein Mikrofon.

- Ich will dich nicht drängen, aber gibst du mir ein Interview?

Das Einhorn aus dem See

Der See glitzert blautürkis in der Bucht.
Huch sieht den Wellen zu.
Eine Frau stapft über den Sand.

- Hallo, ich bin Loredana Yucca.

Sie trägt ein Satinkleid.
- Willst du einem Einhorn begegnen?
Huch hält die Hand ans Ohr.
- Was würdest du gern tun?
Loredana lehnt den Oberkörper leicht nach vorn.
- Dich für eine ungewöhnliche Reise einladen.
Sie dreht mit geschlossenen Augen eine Pirouette.
- Das Wasser im See ist das reinste. Du kannst es trinken.
Er senkt die Augen.
- Das finde ich cool.
Loredana dehnt die Beine.
- Möchtest du einen eidechsengrünen Felsblock sehen?
Huch schiebt die Augenbrauen in die Stirn.
- Was wäre dein Ziel?
Sie berührt seine Achsel.
- Mit dir zusammen dorthin zu gehen.
Er richtet sich auf.
- Irgendwie muss man den richtigen Weg finden.
Loredana durchquert die Bucht.

- Ich kenne ihn.

Der feine Sand knirscht zwischen den Zehen.

Auf dem Felsblock sitzt ein Wolkenmensch.

- Hallo, ich bin Keno Fas.

Er besteht aus Wassertröpflein und trägt eine Surfermütze.

- Ich wäre lieber unsichtbar.

Loredana setzt ein Lächeln auf.

- Wir sehen dich aber gern.

Fas tupft mit dem Finger auf Huchs Oberarm.

- Ich möchte meine Mütze gegen deinen Hut tauschen.

Eine Frau schreitet sehr würdig.

- Hallo, ich bin Samara Taro.

Sie trägt einen Glockenhut.

- Schön, euch zu treffen!

Loredana lässt das Handgelenk kreisen.

- Du hast eine wunderbare Stimme.

Samara schaut vergnügt.

- Danke! Komplimente gefallen mir.

Fas springt vom Felsblock.

- Ich schenke dir meine Mütze.

Samara zieht den Glockenhut ab.

- Ich probiere sie sofort an.

Sie setzt die Surfermütze auf.

- Sie passt! Willst du meinen Hut?

Fas nimmt den Hut, läuft zum See.

- Sehr gern! Er ist nicht nur zum Tragen, sondern auch zum Trinken da.

Er füllt ihn mit Wasser.

- Ich lösche meinen Durst.

Loredana lacht laut.

- Du denkst praktisch. Wir bewundern dich.

Fas trinkt den Hut aus.

- Ich werde ihn um keinen Preis der Welt mehr hergeben.

Samara kippt das Becken nach vorn.

- Recht so! Du darfst ihn behalten.

Ein Mann zieht seine Spur durch den Sand.

- Hallo, ich bin Ultimos Mock.

Er trägt ein Shirt.

- Wollt ihr eine Strandliege testen?

Loredana presst die Hände gegeneinander.

- Wer möchte das nicht!

Fas biegt und streckt sich.

- Ja, es ist Zeit für uns zu relaxen.

Mock gibt ein ermunterndes Zeichen.

- Dann kommt mit!

Die Wellen kräuseln, wandeln sich zu schimmernden Mustern.

Samara schiebt den Rücken langsam nach oben.

- Ich finde den Wechsel spannend.

Loredana eilt zur Strandliege.

- Da liegt etwas auf dem Tuch.

Fas reißt die Augen auf.

- Ein langer Stab! Was machen wir damit?

Samara biegt die Finger.

- Damit könnten wir in den Sand zeichnen.

Eine Frau wandert durch die Bucht.

- Hallo, ich bin Odette Rakowski.

Sie trägt ein Schlangenkleid und bringt Fußballtrikots mit Nummern.

- Nutzt die Gelegenheit! Greift zu! Nehmt eure Lieblings-nummer!

Mocks Blick schweift unweigerlich auf ein Trikot.

- Nummer 3 lässt keine Wünsche offen.

Loredana verkündet stolz.

- Besonders gut gefällt mir Nummer 1.

Fas biegt seinen Körper.

- Nummer 2 reizt mich.

Samara fasst ein Trikot mit spitzen Fingern an.

- Mein Ziel ist Nummer 5.

Mock schaut sich um.

- Die Frage ist nur: Wer hat noch kein Sporthemd?

Odette reicht Huch ein Trikot.

- Ich bin mir sicher, dass es dir stehen wird.

Huch zieht es an.

- Danke! Du bist sehr großzügig.

Sie gleitet mit der Fingerspitze über seinen Unterarm.

- Das Trikot macht dich zum Blickfang.

Loredana tritt hinter ihn und fasst ihn um die Taille.

- Welche Nummer hast du dir ausgesucht?

Er dreht schräg und unsicher die Schultern.

- Da bin ich überfragt.

Fas zwinkert spitzbübisch.

- Früher oder später können wir sie ablesen, wenn Loredana dich loslässt.

Sie gibt den Blick frei.

- Du hast meine Lieblingsnummer, die 4!

Huch wendet sich ihr zu.

- Willst du tauschen?

Loredana klopft ihm auf die Schulter.

- Nein, es soll so bleiben. Ich möchte mich angezogen fühlen.

Ein Mann geht einen Schritt schneller.

- Hallo, ich bin Gerold Zett.

Er trägt Sporthosen und bringt ein Glücksrad.

- Ist es in Ordnung, wenn ich das Rad drehe?

Samara streckt die linke Hand aus.

- Willst du das wirklich für uns tun?

Zett stellt das Glücksrad auf.

- Ja! Das ist meine Leidenschaft.

Mock wedelt mit dem Finger.

- Am schönsten wäre es, wenn du gleich beginnst.

Odette räkelt sich mit halb geschlossenen Augen.

- Wir sind gespannt.

Zett gibt dem Rad Schwung

- Ich sprühe voller Energie.

Es dreht sich, rattert, entschleunigt sich, steht still. Der Zeiger zeigt auf Nummer 4.

Loredana schubst Huch an.

- Das ist eine glückliche Entscheidung!

Fas beklatscht ihn.

- Du hast gewonnen!

Samara ermuntert Huch.

- Du kannst jede Minute anfangen.

Er legt den Kopf leicht schräg.

- Womit denn?

Mock nimmt den Stab von der Strandliege.

- Zeichne etwas in den Sand!

Odette glättet das Gesicht zu einem sonnigen Lächeln.

- Das größte Wunder wäre für uns eine Wabe.

Huch hört eine Biene summen.

- Woher soll ich wissen, was euch gefällt?

Zett spielt mit dem Glücksrad.

- Wir reden darüber.

Loredana wedelt mit der Hand.

- Das ist normal, dass wir uns austauschen.

Fas zeichnet ein Sechseck in die Luft.

- Kannst du dir eine Bienenwabe vorstellen?

Samara verlagert das Gewicht auf die Fersen.

- Du zeichnest einfach 6 Striche.

Mock gibt Huch den Stab.

- Beginnen kannst du irgendwo.

Odette hüpft auf der Stelle.

- Male sie so einfach wie möglich.

Zett tanzt um ihn herum.

- Am allerbesten ist es, wenn du nach jedem Strich ein bisschen abbiegst.

Huch ritzt eine Wabe in den Sand.

- Sagt mir, wenn etwas fehlt!

Eine Frau kommt mit federndem Gang.

- Hallo, ich bin Dajana Nanni.

Sie trägt ein Tulpenkleid.

- Mir fehlt ein Einhorn.

Loredana wirbelt herum.

- Es kommt!

Ein Einhorn schwimmt ans Ufer, stellt sich in die Wabe, bäumt sich auf und wiehert.

Dajana weicht zurück.

- Das ist geradezu magisch!

Fas gibt Huch einen leichten Klaps.

- Soviel ich weiß, ist das vorher noch niemandem gelungen.

Samara streichelt ihm über den Handrücken.

- Du hast ein frappantes Verhältnis zu Einhörnern.

Er legt den Stab ab.

- Das haben wir als Team geschafft.

Der lichtblaue Horizont

Vogelstimmen und das Rauschen der Blätter klingen im Wind.

Huch tastet sich Schritt für Schritt voran.

Eine Frau flaniert durch den Wald.

- Hallo, ich bin Estela Varel.

Sie trägt ein Batikkleid.
- Es gibt einen Lesesessel auf einer hellen Lichtung. Möchtest du ihn sehen?
Ein Mann gesellt sich zu ihnen.

- Hallo, ich bin Bao Cis.

Er trägt ein Fußballtrikot.
- Mein Herz schlägt für Sessel.
Ein Lächeln huscht über Estelas Mund
- Wir sind daran, ein Team zu gründen. Bist du dabei?
Cis trippelt auf den Zehenspitzen herum.
- Ja sicher! Ein Team ist genau das, was mir gefehlt hat.
Der schottrige Waldweg verjüngt sich zu einem Pfad.
Estela bewegt sich wie in Zeitlupe.
- Langsam zu gehen, ist ein besonderes Vergnügen.
Cis wippt mit den Füßen.
- Ich bin lieber 2 Deut zu langsam als einen zu wenig.

199

Eine Lichtung schält sich aus dem dichten Grün.

Estela geht auf den Sessel zu.

- Einen besseren könnten wir uns nicht wünschen.

Cis streift die Ärmel hoch.

- Er macht mich neugierig.

Sie öffnet die Lippen.

- Da liegt ein Bleistift auf dem Sitzkissen.

Er lässt die Arme lose baumeln.

- Ich kann noch nicht abschätzen, ob ich ihn brauchen kann.

Estela schwingt die Hände in die Luft.

- Nimm ihn doch einfach mit.

Cis hebt den Bleistift auf.

- Wir verstehen uns blendend.

Eine Frau trifft sie auf der Lichtung.

- Hallo, ich bin Hasina Wallenhorst.

Sie trägt eine Blüte im Haar.

- Wollt ihr ein steinernes Nilpferd sehen?

Estela fragt vorsichtig.

- Was rätst du uns?

Hasina neigt sich keck seitwärts.

- Das solltet ihr euch unbedingt anschauen.

Cis stößt die Luft aus, als würde er sich einen Ruck geben.

- Dann zögern wir keine Sekunde.

Hasina schnipst mit dem Finger.

- Ich führe euch. Wir gelangen zum Nilpferd, ohne uns anzustrengen.

Schläfrig schwenken die Bäume ihre Blätter.

Estela öffnet die Lippen.

- Was machen wir, wenn wir es erreichen?

Cis bewegt eine Hand hin und her.

- Wir könnten uns daraufsetzen.

Vor einem moosigen Felsen steht das steinerne Nilpferd.

Hasina hebt die Augenbrauen.

- Da sind wir! Lasst euch verzaubern.

Das Maul des Nilpferds ist weit aufgerissen.

Estela langt in den Rachen.

- Es liegt ein Karton darin.

Sie zieht ihn heraus.

- Davon habe ich immer geträumt.

Ein Mann kommt auf leisen Sohlen.

                              - Hallo, ich bin Ingmar Quell.

Er trägt ein Jeanshemd und bringt eine kleine goldene Kugel, die an einer Schnur hängt.

- Mein Pendel bringt die Menschen zum Reden und Lachen.

Cis nimmt die Schultern nach vorn.

- So etwas habe ich noch nie gesehen.

Hasina reckt die Arme hoch.

- Kannst du es uns vorführen?

Quell versetzt das Pendel in Schwingung.

- Das will ich gern tun.

Estela blinzelt Huch mit den Augen zu.

- Das Pendel schwingt eindeutig in deine Richtung.

Cis deutet auf ihn.

- Es wählt dich aus.

201

Hasina legt den Arm um Huchs Hüfte.

- Ich frage mich, ob es dich erfreut oder enttäuscht.

Huch schaut das Pendel sinnend an.

- Wir können die Frage auch offenhalten.

Quell nickt lächelnd.

- Finde heraus, was für dich das Richtige ist.

Estela reicht Huch den Karton.

- Wie wäre es damit?

Cis gibt ihm den Bleistift.

- Verlieren wir keine Sekunde!

Hasina stößt ihn mit dem Ellbogen an.

- Sicher fallen dir ein paar Worte ein!

Eine Frau läuft aus dem Schatten.

- Hallo, ich bin Adana Palermo.

Sie trägt ein Brokatkleid.

- Schreibe „Schmetterling"!

Huch legt den Karton auf den Rücken des Nilpferds.

- Wenn du meinst.

Er setzt den Bleistift an. Die Schrift wird gar nicht erst zum Wort, sondern gleich zu Wellen.

- Entspricht es euren Wünschen?

Estela hält den Karton hoch.

- Das versteht sich von selbst!

Cis hüpft um das Nilpferd.

- Wellenlinien sind immer beliebter.

Hasina tupft mit dem Finger auf den Karton.

- Mir machen sie einfach Freude.

Quell dreht sich um die eigene Achse.

- Ich finde sie anregend und wertvoll.

Adana nimmt einen tiefen Atemzug.

- Auf mich wirken sie beruhigend.

Ein Mann rennt durch den Wald.

- Hallo, ich bin Taro Moll.

Er trägt Tweedhosen.

- Ich spare meine Energie für alles, was Spaß macht.

Estela bewegt den Karton.

- Was macht dir Spaß?

Moll lehnt sich ans Nilpferd.

- Ich gehe gern ins Kunsthaus.

Cis wiegt den Kopf hin und her.

- Dürfen wir dich begleiten?

Moll erklärt mit strahlendem Gesichtsausdruck.

- Unbedingt! Das größte Glück im Leben ist es, zusammen zu bummeln.

Waldreben baumeln auf den Weg herab.

Hasina läuft neben Moll.

- Was ist dein erster Gedanke beim Aufwachen?

Seine Hand wippt im Takt.

- Mein erster Gedanke ist die Frage: Wann gehe ich heute ins Kunsthaus?

Quell sperrt die Augen auf.

- Ja was! Dann denkst du Tag und Nacht daran?

Moll blinzelt verschmitzt.

- Nein! Wie ich schon sagte, nur beim Aufwachen.

Ein Weg führt aus dem Wald heraus. In der Wiese erhebt sich ein kürbisoranger Kubus. Ein Baum verwächst mit seiner Fassade.

Eine Frau tritt aus der Tür.

- Hallo, ich bin Luana Raselli.

Sie trägt ein Kleid mit Rüschen an den Ärmeln.

- Ich erkenne auf den ersten Blick, dass ihr ein Bild bringt.

Adana wirbelt auf der Spitze eines Fußes herum.

- Möchtest du unsere Idee hören?

Luana breitet die Hände auf Bauchhöhe aus.

- Aber sicher! Ich springe auf jede Idee an.

Estela deutet aufs Bild mit den Wellenlinien.

- Du könntest es ausstellen.

Sie nimmt ihr den Karton ab.

- Ich wüsste nicht, was ich lieber täte.

Cis schaut großäugig.

- Den passenden Ort zu finden, ist vermutlich gar nicht so einfach.

Luana richtet den Blick auf die kürbisorange Außenwand.

- Ich möchte euch erst einmal meine Idee vorstellen.

Sie schiebt den Karton zwischen 2 Äste.

- Der Baum ist sehr hilfreich.

Hasina schnippt mit den Fingern.

- Was für ein toller Einfall!

Quell klatscht sich vor Freude auf die Schenkel.

- Du hast eine gute Hand.

Adana schließt halb die Lider.

- Es sieht so aus, als würde er schon seit vielen Jahren im Baum stecken.

Moll lässt den Fuß kreisen.

- Möchtest du unserem Team beitreten?

Luana spitzt den Zeigefinger und zeigt auf sich.

- Ich betrachte mich auf jeden Fall gern als Teammitglied.

Sie schlägt einen Weg ein, der zum See hinunterführt.

- Das Spiel mit Wellen ist unbegrenzt.

Estela schlägt die Hände vors Gesicht und lacht.

- Das wäre schön, richtige Wellen zu sehen.

Cis zieht die Luft hörbar durch die Nase ein.

- Ich bin immer wieder aufs Neue davon fasziniert.

Buchen spreizen ihre Zweige über den kurvigen Weg.

Hasina spaziert zur Bucht hinunter.

- Unter den Baumkronen fühle ich mich wohl.

Quell betritt den Strand.

- Das bedeutet doch gerade, Spaß zu haben.

Huch wandert auf die lichtblaue Horizontlinie zu, wird von gleißend weißen Wellen erfasst.